THE ALPHA CITY

GUO GE
ZHANG LIA

阿尔法城

THE ALPHA CITY
GUOGE ZHANGLIANG

阿尔法城　　郭个　著

重庆出版集团　重庆出版社

前言

二十六岁的时候我觉得自己真的要完蛋了，每天的日常除了呆坐在典当行逼仄的柜台里面对前来借还贷款的客户之外，便是在一堆不知所谓的票据上盖上一堆不知何用的公章。柜台前隔音效果极佳的防弹玻璃总是让我感到呼吸不畅，更糟糕的是周遭同事们午休时有关股票、时政以及家庭琐事的对话，听上去简直就是一张 IGGYPOP 中风后制作出的专辑！

在我的塑料办公桌上丢着一本永远也翻看不完的太宰治的小说，书名"人间失格"恰如其分地诠释着我的现状。下班以后，在驱车归家必经的小巷中总有一条挡道的野狗，它充耳不闻我车子气急败坏的鸣笛声，我只能冒着与垃圾箱刮擦的危险小心翼翼地绕开它盘踞的领地！

越来越缺失的存在感导致了越来越严重的失眠，睡不着觉的夜晚我便混迹在那些几近倒闭的小酒吧中，点上几瓶啤酒再配上一壶粗制滥造的阿拉伯水烟，然后听某个连保险套都快用不起的民谣歌手讲述他在地下通道卖艺的经历。说真的，我挺喜欢这些搞民谣的家伙们，他们几乎都混过北京，睡过地下室，因为暂住证的问题苦恼过。每当我感到头晕目眩时，我便会和这些民谣混子们聊起我过去的身份，作家及诗人。

"那你现在还写东西吗？"总有不识趣的人这样问我。

我摇头，保持缄默。入职典当行以后，我几乎什么都没有写过……

年末，我接到文学院同窗刘辰希的约稿电话，之后便有了我与图书品牌"L&A"的初次合作，《阿尔法城》也因此得以出版。

这是我的第一部短篇小说集。

书中的所有故事都源于我在都市中遭遇的荒诞。我出生在城市，我的身体中灌满了喧嚣，浮夸，空虚，和不可填满的欲念。我很少赞美自然风光，对乡土情结也缺乏向往。我沉溺于城市昏暗的霓虹灯光中，置身在冰冷的钢筋水泥里，和大部分出生于八十年代末的人一样，我患上了典型的都市病。我渴望速度再快一点，通讯再快一点，高潮再快一点，然而当这些属于都市的生猛燃烧殆尽之后，猝不及防的溃败感则立刻席卷而来，将我彻底撕碎。

终于，我找到一种自我医治的方式：用文字自省。《阿尔法城》中六个偏灰色调的故事包含着我个人的反思，它们映射的现象绝非主流。而我的讽刺，夸张，虚构，更多的是为了告诉自己，以及和我"同病相怜"的人们，在灰色雾霾之上还有璀璨的星空，在公路的尽头还有伟岸的山峦。这些故事是这个世界上微不足道的一间暗房，推开房门一眼望去统统是光……

目录

阿尔法城
001-026

猫侠
027-050

自建屋公主
051-084

夏娃
085-106

寻车记
107-134

最后一局
135-156

阿尔法城

THE ALPHA CITY

001 - 026

THE ALPHA CITY

GUOGE
ZHANGLIAN

阿尔法城

年末,阿尔法城的最后一场现代艺术展终于落下了帷幕。撤展当天,九水在展馆门口点着了两张自己颇为得意的作品,与之一并焚烧的还有一套伦勃朗的精装画册。复合木框在橙色的火焰中噼啪作响,受到炙烤后骤然缩卷的画布像极了蓄势待发却被泼了冷水的阳物,色彩缤纷的铜版纸在高温下仅能证明其含"碳"有机物的本质,如棉絮般的灰烟冉冉升起,即刻便稀释在雾气蒙蒙的空中。"世上恐怕没有比丙烯颜料更好的助燃剂了吧!"九水望着地上那摊已不知沦为何物的黑渣感慨道。

整个焚烧的过程持续了两分钟,其间不乏有人路过,但几乎所有人都认为这是场没什么创意的行为艺术!在阿尔法城中,大家早已对那些有违常识的举动见怪不怪。在这个满是艺术工作者栖居的世界里,有人会牵着一棵白菜在街上游荡,有人会装扮成腐尸躺在路边,有人会和一头猪进行一场仪式隆重的婚礼,甚至有人因为记录自己感染化脓的伤口,延误治疗赔上性命。为了引起关注,为了哗众取宠,艺术家们不惜铤而走险,假装疯癫。他们想方设法地策划着各种匪夷所思的行为,他们将自我的存在感一次次放大,将荒诞的底线一回回降低,最终连基本的人性和尊严都变得模糊不堪!

九水毕业于正规美院的油画系，科班出身的他曾完全不屑那些缺乏素描基础，没有造型能力，对冷暖色搭配毫无认知的现代派们。对抽象主义，九水所能承受的极限也仅仅是马蒂斯和毕加索。他认可这两位大师天马行空的解构，但他必须强调那恣肆的绘画是以扎实的传统功底作为支撑的！然而在展览上，九水精心勾勒的肖像画根本无人问津！可就在隔壁的展墙上，一幅由几个像鼻屎般的绿色球状物组成的不知所云的作品，却以令人咋舌的高价被收购。九水完全搞不清楚金主们的审美取向，他甚至怀疑这些买家们是否拥有一双健全的眼睛……

按照惯例，年展结束之后成功的艺术人士们会组织一个大型的烧烤晚宴。更贴切些讲这应该是一场慈善救济会，作品大卖的某人会专门聘来烧烤师傅，在自己工作室外宽敞的院子里不限量提供啤酒和烤肉。但凡是混迹在阿尔法城里的圈内人，都能来参加这没有请柬的派对。落魄的下半身诗人、不着调的作曲家、呆头呆脑的油画匠，诸如此类的泛泛之辈们组建了阿尔法城的"蹭饭大军"。在这支部队中还有一支精锐之师——满舌生花的艺术批评家们。这些人一辈子只会围绕几本西方美术史侃侃而谈，他们喝多了酒便会开始谩骂一切，最终话题会延展到政治和历史的范畴。倘若你是初到阿尔法城的新人，或许会在一两次免费饭局上赞赏这些批评家们的"真知灼见"。可过不了多久，也许就在你做东买单的那天，同样的一番话会一字不差地再次回荡于耳边，这时你定会想起中学时代某个呆板木讷的数学老师，以及那些日后不知何用的函数例题……

九水对这个蹭饭的"编制"深恶痛绝，他宁可回到自己的工作室涮两棵白菜果腹，也不愿与那些举着艺术大旗的混子们为伍。当然这只是一个冠冕堂皇的理由，更重要的是这次晚宴的承办人就是那幅"鼻屎"的作者：大勺。

大勺初到阿尔法城那会儿不过是个名不见经传的文身师。他认识塞尚的时间比认识九水时间还短，可如今他却成了先锋艺术的领军人物。他不过是将那些文身图腾批量搁置在画布上，再经由几个不知所谓的评论家大肆吹捧，便招来一批趋之若鹜的画商。通过画商的运作，短短几年间大勺的"文身"画成了当下新贵们炫富的必需品。后来可能是意识到文身的局限性，大勺开始尝试即兴涂鸦，这无非是将无数颜色混乱调和然后堆积在一起，如果心情好这种画一天可以出产几十张。艺术评论家们称之为"后现代工业风格"，画商们则会告诉那些带着大蜜蜡和金链子的暴发户们，这些统统都是不可重复的伟大艺术。面对这种看不明白的玩意儿，通常人们不敢妄自菲薄，偶有几个买家也提出过此类画有何意义的问题，则立刻被归为对艺术没有感知力的俗胎。时至今日，大勺画册的扉页上居然写下了这样一段话："如果塞尚能用苹果征服整个巴黎，我便能用始料未及的颜色填充这个宇宙。"在阿尔法城，每天都有投机分子重演着类似《皇帝的新装》的故事，所有人都渴望这种疯狂又卑鄙的幸运模式！有时候你不得不疑惑，是否这个世界就是以庞氏骗局为雏形而诞生的。

将近黄昏，九水回到与摄影师阿良合租的工作室。一推开门一股南瓜腐臭的味道便扑面而来。九水只觉得自己像吃了半个长毛的巧克力蛋糕。"这个愚蠢的实验摄影到底什么时候才能结束？"他跺着脚，冲着空无一人的工作室咆哮着。

在属于阿良的工作区域内，一支孤零零的三脚架前摆放一张铺着亚麻布的条案，条案中央有一摊已经烂透了的南瓜。几个月以来，阿良持续记录着一个南瓜从新鲜到腐败的整个过程。在旁边的一面照片墙上，依照时间节点，几百张南瓜渐变的黑白照次第排开，阿良将这组照片命名为"孕育失败"，九水觉得应该叫"杂交产物"更为贴切。

"你怎么回来了？没去大勺那里？"一个熟悉声音从工作室二楼的盥洗间里传来。

"蝌蚪？"九水问道。

"嗯！是我。"一个皮肤黝黑，身材矮小的女子穿着浴袍从盥洗间里走了出来。她踩着一双不登对的塑料拖鞋，头发还在不停向地上滴水。她是阿良的御用模特：蝌蚪小姐。蝌蚪这个昵称的由来并不是因为她的肤色，而是她松弛下垂的乳房，阿良总说她的胸部就像停止发育的蝌蚪！

"南瓜主题即将告一段落，超现实灰姑娘准备回归！"蝌蚪一边说一边毫无避讳开始换衣服。"这颜料涂在身上还真不好洗。阿良给我拍了一整天人体彩绘，他饿着肚子就等晚上的烧烤派对呢！混蛋玩意儿连等我洗澡的工夫都没有，拍摄一结束就溜烟跑了。唉！像我这样半卖半送，吃力不讨好的模特整个阿尔法城也找不出第二个。"

"为了艺术！"九水悻悻地说。

"真是为了他妈的艺术。还不如街边的发廊小妹，都是光着干活，人家多少还有些肉欲的快乐呢！"蝌蚪穿好衣服，端起一个功率极大的电吹风烘干头发。

九水一时间不知如何对答，他坐在自己工作区的二手沙发上，点起烟斗。狠嘬了两口，发现保存不佳的烟丝里也充斥着一股烂南瓜味，热滚滚的烟雾流淌在口腔中让他觉得自己像条唾液分泌过剩的老狗。

"咱俩一起去吧？阿良说好像还有白啤酒喝。这恐怕也是今年最后一聚，再过半个月大伙都得回去过年了。"蝌蚪拿着吹风机时，明显没有注意到自己的音量，她沙哑的嗓音在提高分贝后更像是嘶吼。
"吃不下。没胃口。"九水摇着头低声说道。

"高冷艺术家，爱玩孤独！"蝌蚪将吹风机端到面前，模仿着脱口秀主持人的模样调侃着。

九水默不吭声，他实在不愿将这无意义的对话进行下去。他从地上捡起一本封面被水泡皱的油画期刊，浏览起来。然而很快九水便意识到，刊物中稀奇古怪的画作以及恬不知耻的评论比与蝌蚪交谈更令他恼火。带着怒气的九水以一种撕扯的方式翻页，一不留神食指尖竟被锋利的页脚割开，一抹殷红从一道细小的肉缝中迅速渗出。被纸割伤过的人都能体会那种钻心的痛楚，可九水却呆望着正在血凝的伤处，陷入莫名的迟缓之中。

整个工作室被一种诡异的静谧覆盖着，从指尖泻出的红色占据了九水的全部意识。蝌蚪已不见了踪影，只剩那把刚刚结束工作的吹风机似乎还在发出声响。不知过了多久，九水缓过神来，他找出半瓶搁置了多日的红酒，倒在一个布满茶渍的大瓷杯中，因为氧化过头的缘故那看起来更像是一杯止咳糖浆。他一口饮下大半，味道比想象中的还要糟糕，然而酒精的效果却好得出奇，上头的速度快得惊人。之后，他摇摇晃晃地打开了那台只剩一个声道的破烂音响，取出德彪西《练习曲》的CD，放进了一张阿良钟爱的NIN的专辑。他试图去理解一下阿良的品味，欣赏所谓的后现代工业风格在音乐上的建树。

狂暴的如患有羊癫风的音符肆虐开来。

换作往日，九水必然觉得这种乐曲连屎都不如。可今天，他却跟随着这炼钢厂般的旋律疯狂扭动着身体，他一边晃头一边撕起手中的杂志,他将碎纸片抛向四周。"德彪西,那可是音乐界的印象派师祖。"他叫喊道,"你们连给塞尚提鞋都不配……"

烧烤派对上,阿尔法城的各路人马纷纷到场。除了蹭饭军团以外,还有另一批业内混得风生水起的大人物们。在互联网上搜索这些腕儿们的相关信息,不难发现世界各地都有他们的展览以及获奖记录。九水常调侃说这是八国联军火烧圆明园后对中国当代艺术的福利补助。

已吃撑的阿良,还在不停地用白啤酒填充着胃里的空隙,一个酒嗝打上来全都是烤鸡肉被酸化的味道。阿良与迟来的蝌蚪打过照面,然后便开始寻找一些和自己曾有过交集的艺术家。太阳落山后,气温变得有些不支持室外活动,幸好有烧烤和酒来填补食客们的热量。每个自成体系的小群体都在夸夸其谈,阿良则像一艘穿梭在列岛里的小艇,他不断地和人们相互招呼,他将自己设定成无数知名艺术家的御用摄影师,这个设定的依据不过是他拍遍了阿尔法城所有展览上的作品而已。

后来,有一批西装革履的画商来到了派对。大勺对衣食父母们的待遇自然有别于同行,他将画商们单独安排在画室展厅内,还备了红酒、水果、奶酪、苏打饼干。画室内外,一边像露天的摇滚公园,一边则像是高档的爵士乐俱乐部。而那些所谓的腕儿们很快就将自己与"闲杂人等"隔离开来,这些精明的家伙不约而同地来到展厅,接着就是如演讲一般的自我介绍。

阿良很快也注意到派对两极分化的格局,可他实在找不到一个混入展厅的理由。恰逢此时,他瞧见装置女艺术家奈奈朝着展厅方向走去。奈奈在装置艺术领域算是小有名气,他也确实给她的作品拍过照片,论关系勉强算是半个熟人。阿良一个箭步走上前去,拦下奈奈。"这不是知名装置艺术家,奈奈小姐嘛!"阿良用一种极其恭维的口气寒暄道。

"哎呦,这不是著名摄影师,小良嘛!"奈奈说着撩了下头发,然后顺势将手递到阿良面前。阿良赶忙将啤酒瓶从右手换到左手,然后轻轻攥着奈奈的指节,摇晃了几下。他自以为还算懂点社交礼仪,至少在和女士握手的力度与方式上保持着准确。只是他并没有意识到留在手心的水汽,这比手汗更黏糊的液体让奈奈感到恶心极了,她着实后悔选择握手这个愚蠢的举动。

"听说你那幅用丝绒和齿轮拼接的装置作品,卖给了四季酒店?"阿良大声问道。

"消息还怪灵通的,你说的是那幅《世界》吧!"奈奈脸上写满了得意,"算他们识货,那可是我呕心沥血的创作啊。"奈奈话音未落,突然传来了乐队表演的声音。院中临时搭建的小舞台一时间闪亮起来,萨克斯手吹起一首过分炫耀技巧的小曲,音符流淌在黄昏的尽头，让院中冰冷的地灯变得些许温暖起来。

随后，尖锐小号声加入了伴奏。

"我最受不了爵士乐里的号声。"奈奈说，"俗套。"

"同感。不如进里面展厅看看大勺的新作。再聊聊你的《世界》，我对这幅作品情有独钟。"阿良机智地说，然后脑中极力回忆着《世界》的样子，可除了无数的冗杂和凌乱以外，他实在想不起什么具体的图像。装置艺术的魅力就在于其环保的功能，一切废品都可以变为作品元素：汽车轮胎、电脑主板、盗版光盘甚至是一个用过的避孕套……

奈奈咬了咬嘴唇，点了下头。她原本就是要融入那些成功人士的"俱乐部"，而现在她似乎更需要一包湿纸巾。

展厅里的隔音一般，被削弱后的音乐声零零星星地流窜在人们的谈话之中。从啤酒到红酒的转换让阿良觉得有些唐突，他不太适应一口一口呷酒的过程，他模仿着画商们晃动红酒杯的方法，他寻找着和这些人打成一片的机会，可他廉价的牛仔裤却和那些高级正装形成天然的隔阂。大勺简单地向画商们介绍了阿良，他估计也在纳闷这小子是如何混进来的！

自从进了展厅以后奈奈再也没有和阿良说过话,她成功地找到湿纸巾并和一个挺着肚子的家伙聊得渐入佳境。奈奈声情并茂地讲述着《世界》的创作思路,在爱与和平,人文与关怀之后最重要的便是被赋予的头衔——四季酒店收藏的第一幅由女性独立创作完成的装置作品,她强调"第一"二字时就像是在炫耀自己的处女膜还珍藏至今一样,她谄笑时眉飞色舞的模样让人难免想起"扬州瘦马"的情景。

阿良发现这里所有的话题都围绕着各个拍卖会的情况,那些他听说过没去的会场,让他联想到美国电影里华尔街的证券交易中心,而展厅里艺术家们早已变为兜售的股指期货!没过多久,奶酪和红酒便在阿良体内起了化学反应,他忍住屁,在人群中装模作样地聆听着。一句话也插不上的他,后来只好佯装欣赏大勺的作品来缓解尴尬。他绕过那些相谈甚欢的人群,开始默默地浏览。用力过猛的聚光灯让墙上的作品变成一处处狰狞的沼泽,那极不和谐的颜色让阿良感到反胃,他只觉得自己像个脱线的小丑玩偶,不知该何去何从。阿良在角落的一幅名为《星空》的画作下来回踱步,他实在忍耐不住体内淤积的气体,趁着周围没人便肆无忌惮地排放起来。他尽量控制力度,以至于屁都没有什么响声,而浓郁的臭味和声音显然不成正比。一连串的排放之后,阿良舒服多了,他很快又绕到另一幅画下,掏出随身携带的小数码相机开始拍照。

"很不错的作品啊!"一个浑厚的女声从阿良背后传来。阿良手一抖,小液晶屏上的图案虚了半截。他转头,瞧见一个穿着暗红色套装的中年女人。女人略胖,化了淡妆,头发似乎刚刚烫过,每个发卷都显得极有张力。女人胸前一块有意漏出的翡翠挂坠,似乎是专门为了出卖其金主的身份。

"的确是很有张力的构图。"阿良附和道,瞅了一眼面前的这幅画下的名签——《混沌》。再看看内容,又是色块叠色块,阿良一时间不知道该如何进一步解释。突然灵光一闪,他问道:"您认为呢?"

"嗯……"女人支支吾吾,"大匀老师的画总是充满玄机,混沌是指宇宙初期的模样对吗?"

"见地独到。老姐应该是资深收藏家吧!"

"我是跟朋友来看看,他们说大匀的画值得一收。"女人说着指了指人群中一个看上去趾高气扬的家伙。

"眼光真好。一般我拍的画都是行内精品。"阿良说罢,将照相机里的内置电子相册打开,递到女人手里。

女人端起相机,饶有兴致地翻看起来。阿良相机的存储卡里囊括着阿尔法城各种各样风格的艺术作品。当女人翻到一组小便池的照片时,颇为不解地问道:"这该不会也是艺术品吧?"

"这是向杜尚致敬的作品。杜尚先生曾将一个倒挂的小便池称之为《泉》,轰动了西方美术界。"阿良说着,却克制不住笑意,因为照片里的这个便池是他和九水在某个装置艺术展上看到的无聊之作,而九水为了表达对杜尚的蔑视故意在里面撒了泡尿!

"挺有趣的!"女人皱了皱眉,"你是专职摄影师?刚才听他们介绍!"

"是啊!偶尔也画些画。"阿良说,"必须对艺术有基础,才能去拍摄艺术品。"

"嗯!那你也有工作室吧?"女人接着问。

"第九区701,和一个哥们合租的。"阿良说,"有机会可以过去参观。"

"我今天也没带名片。"女人将照相机递回给阿良,"主要今天也是陪朋友来看画,但大匀先生的作品价格实在是……"女人吐了吐舌头。

"最便宜的都是六位数级别的!"阿良补充道。

"是啊,据说还不讲价。"女人的表情略显无奈,"哦,对了!我叫林俐,双木林,伶牙俐齿的俐。我是做小型投资公司的。"

"我是摄影师阿良……"话没说完,便听到大匀在呼唤大伙过去合影。林俐似乎很在意这种与名人照相的机会,她疾步赶去,边走边整理头发,看得出她是个雷厉风行的精明商人。阿良口袋里还装着几张准备已久的名片,他本来就计划要分发给画商来推销一下自己,可却与刚碰到的绝佳机会失之交臂!阿良有些怅然地加入了照相的人群,他也只参与了几张站位不佳的合影,由于摄影师的身份,他很快便担当起了拍照者的角色。合影结束后,画商们便开始陆续离开。林俐走时也礼节性地与阿良草草告别,她还答应一定会去阿良的工作室参观。

室外的狂欢迟迟没有散场的迹象,扩音器里时不时会响起一段刺耳的电流噪声,驻场的乐手们也喝得东倒西歪。从夜空中降落累积的微凉并没有减少艺术家们的热情,尤其是那些新来到阿尔法城还怀揣着艺术梦想的年轻人,他们想象着未来扬名立万时的场景,却不知也许明年今日就是他们打包回家的归期。阿尔法城的淘汰机制是一种淹没,一种吞噬,一种覆盖,这就像数以万计的精子喷涌而出,争先恐后地冲向温热的子宫,企图占领那可以预见的伟大卵子时,却发现阿尔法城是个手淫过度的病患。

阿良没有再重返派对,出了展厅他便径直回到合租的工作室。他没想到九水居然醉倒在沙发上,本就乱七八糟的工作室,被九水折腾完后变得愈发狼藉。"这他妈什么情况!"他自言自语道,然后习惯性地掏出相机给九水拍了张照。

"是时候离开了。"九水翻了个身,说了句梦话。

阿良默不作声,他将地上的纸屑和空酒瓶连同那堆腐烂的南瓜一并装进了一个废纸箱里,接着用记号笔在箱子上写下"完结"两字,他本想给箱子也拍张照片,可随身的相机却因为电量过低自动关闭了。

阿良静静地走到画室二楼,躺在一张折叠的行军床上。这一夜,没有梦。抑或说这是一场只有漆黑的梦境,也许在梦的深处还有两只舞动着墨色翅膀的蝴蝶,彼此相拥,隐匿在黑暗之中……

翌日清晨,九水的腰椎间盘突出症犯了起来。他在沙发上翻来滚去换了几个姿势却并没有什么好转,无奈之下便起身站在画架前构思新作。纤维状的晨光倾泻在房间里,在光晕之中浮尘以一种独有的节奏摇曳着。正当九水沉溺在这个极度安静状态中时,楼上传来了阿良合起折叠床的声音。几分钟后,他走下楼来。

阿良瞧见九水一句话也没说,他来到自己的工作区开始收纳墙上的照片。没有归置,没有分类,阿良就像收割庄稼一样把照片放入一个个塑料信封袋里。之后他又开始整理摄影器材,他从未如此粗鲁地对待他的三脚架和镜头,房间里传来各种摄影包的拉链声。

"你这是打算转行要去当快递中心的包裹分类员吗?"九水终于按

捺不住，转身发问道。

"实在撑不住了。想提前回家。"阿良叹了口气，"回老家开间影楼算了，我可能更适合拍证件照。"

"你昨天受什么刺激了？"

"我不像你，笔下还有些东西。你是没碰到机会，又不会经营自己。我一个臭照相的，拍得再好也就那么回事。总之想暂时逃避一阵，阿尔法城太绝望了！"

"真的下定决心了？"

阿良没有回应，他似乎还有些犹豫。

九水点了支烟，大口抽着。细想之下，自己和阿良合租工作室也有三年的时间了。两个人靠着偶尔贱卖几幅作品勉强维系日常，相较之下阿良的贴补还要更多一些。尽管自己心底不太认同阿良在新兴艺术上的一些观念，但终究是还有份共患难的情谊。更现实的问题是，若阿良离开，工作室的费用负担太重。而阿尔法城眼下根本没有更好的租处……

两人在一间包子铺吃了个散伙早餐。饭后，阿良总结了自己这三年来的艺术人生,他对阿尔法城过于商业的艺术氛围做了深刻的批判,最终他将全部的失败都归结到缺乏人脉,圈子太平庸的问题上。而九水满脑子都是工作室续租的事情,根本无暇对阿良的认知发表评论,他一直侧面烘托阿良撤退的决定过于草率。可阿良却反驳说这种咬牙坚持,将会面临混吃等死的局面。

"我就订下午的车票。我得好好规划一下我的人生。"阿良开始发表最后的陈词,"待会儿,我把后三个月的房租替你交了。算是暂别的礼物。若哥们回去发财了,苟富贵定不相忘……"

二人以粥代酒,干了一碗。

午后,阿良带着一堆摄影包离开了阿尔法城。

孤身一人的九水在工作室里来回踱步,原本属于阿良的区域已变为己有,只是整个空间似乎太过宽阔了,九水居然出现遥远的错觉。以前九水总认为阿良过于世故,对待艺术不够纯粹。可今日阿良的毅然离去以及他赠予下个季度房租的行为,倒为他平添了几分侠义。在这个充满狡黠的艺术江湖,九水难免有些英雄惜英雄的感慨。为此,九水有了新的创作灵感,他必须得为阿良画点什么。

投身于创作之中,时间的齿轮常常被施以魔力,九水甚至觉得有时一个叹息就消耗掉一整天的光景。胡子和头发则成了光阴飞逝的最好佐证。当看到镜中自己如原始人般的模样时，他才意识到阿良离开是两周以前的事情了。工作室里的食物只剩下半包挂面和一瓶已经见底的老干妈辣酱。这些天来，九水就靠着主食和酱料度日，舌底的白泡一个接一个地冒出，密集的痛感进而转化成一种常态。阿良没有任何消息，连一个平安到达的电话都未曾打来，九水也没有主动与他联系。在此期间九水完成了一组四张名为《摄影师》的人物画，他认为这或许是最好的告别方式。

阿尔法城年终的"迁徙"也基本结束了。外来的艺术工作者们，无论是春风得意还是垂头丧气，总归是要回家过年的。城中除了几家大型超市以外，几乎所有的营业场所都提前关闭了。可九水并没有回家的打算，他很在意来回的旅费，对他这样一年卖不了几张作品的画家而言，这算是一笔不小的开销。为数不多的几个欣赏九水的艺术家临走前都陆续来跟他告别，其中还包括蝌蚪。阿良走以后，蝌蚪也挺难过的，她对未完成的超现实人体彩绘还抱有幻想，她觉得这极有可能是阿良打开局面的成名之作……

艺术家们像野草一样，一茬接一茬地不断更替。他们燃烧着自己，以为体内的光与热可以改变世界，但幸运儿却总是那寥寥的少数。夜深人静的时候，九水常常思考他的坚持，同时会反复质问自己究竟还能在阿尔法城苟延残喘多久。更准确地说，这种思考是一种怀疑，当一个人身处窘迫之时，怀疑很容易衍变成自我否定。这些天来，九水接连不断地做着一个关于战争的梦：他梦见自己穿着沉重无比的盔甲守卫着一座蔓草丛生的空城!

孤独是一种潜藏在意志中抽象的溃烂,它能轻而易举地击垮一个人。当孤独变成不可治愈的顽疾,这病征就像一种游移在全身上下却无法触及的瘙痒。离除夕夜还有三天的时间,九水简单地置办了一些年货:超市里滞销的熟食和快要过期的打折啤酒,以及最廉价的香烟。他本想买一挂鞭炮来冲冲喜,可想到那定是一场无人响应的落寞的爆炸,顿时又沮丧起来。

返回的路上途经的所有工作室都是大门紧闭,只有高于围墙突兀萧瑟的树干在向他的卑微致敬。先前因为阿良离开而迸发出的创作灵感,也受到了孤独的扼制。九水没了作画的心思,只好整理出今年完成的近四十幅作品,他反复审视自己的油画,他不敢妄言每一幅都很精彩,但至少张张都是拒绝敷衍的认真之作。那些精心策划的构图,那些展现功力的笔线、那些饱满充沛的色彩……为什么如此正统的油画会被世俗的眼光排挤?九水不解。他现在唯一能做的是将这些作品堆叠在一起,编号,然后盖上防尘的布。作品整理到一半,突如其来的敲门声打破了工作室的寂静。

"是幻听吧?这日子还有谁来拜访?莫不是阿良半路又杀了回来?"九水心里念叨着。

打开门来,只见一个穿着讲究的中年女子站在那里,在她身后一台刚刚停好的黑色奔驰车中也陆续走下三个男子,接着还有一台银色的保姆车挨着奔驰车停了下来。

"这是九区701工作室?"女人率先发问道,"谢天谢地,还有人在。"

"请问您是?"九水满脸疑惑,被这一票商务打扮的人士搞得莫名其妙。

"我是摄影师阿良的……算是朋友吧!"女人笑着说,"他在里面吧!你告诉他说林俐来拜访就好!"

"他已经离开阿尔法城了!"九水眼看着这同行的几人都站在门口,却丝毫没有邀他们进去的意思。

"哦,是回去过年了吧!那您能带我们进去参观一下吗?"女人声音略显遗憾。

九水心想,这落魄的年关本来就让人绝望,居然还冒出来一帮无聊的观光客。他本打算一口回绝,却不料女人不请自入,半个身子已经晃进门内,其余的人则紧随其后,完全无视九水不悦的表情。

工作室里面几乎没有特意展示的作品,阿良的照片也统统被封存在一个个纸箱中。林俐有些失望,"你们这里也太冷清了点吧!都没挂出来什么作品!"她虽是自言自语,但似乎又是专门说给九水听。

"全部在那里了!"九水指着角落一叠油画说,"你想看自己抽出来看吧!"

"这是您的,还是阿良的?"女人语气很有礼貌。

"这些是我的,阿良的照片都在那边的纸箱里。"九水指着阿良的工作区域说,"你要喜欢他的照片,随便拿走好了,估计他不打算回来取了。"

"噢?这话什么意思?"

"没什么意思。总而言之,你要喜欢那些照片都可以送给你。"

"这些画也送吗?"林俐扑哧一声笑了出来,她走到那叠油画前,唤来同行的两个男人,吩咐他们将画一张一张取出,在光线极佳的地方摆放开来。九水细腻的画工,在恰到好处的反射下生动极了,稍有变形和夸张的图案也都充满力量。

"你觉得如何?"女人问一个戴着金丝眼镜的男人。

"画风传统,标准的学院派,构图和色彩都不错,总之是挑不出太多毛病的作品，有操作空间……"男人仔细打量着这些画，俨然一副专业人士的模样。

"这些都是你的作品？"林俐确认道。

"是的！"九水说罢，清了清嗓子。

"这些我都喜欢，也能送？"她再次问道。

"这是我的血！"九水说，"一幅五万，不砍价。"他只想赶快打发走这帮无聊的不速之客。

女人一怔，微微扬起嘴角。

"敢问阁下是？"林俐带着些许调侃的语气。

九水默不作声，拿起一张作品，指了指位于背面的署名。

"九水？"女人读道，"有点意思。你是阿良的合作伙伴？"

"合租一个工作室。可能在某些方面也有共识吧。"说着，九水不耐烦地点起了支烟。

"有点意思，有点意思……"女人重复道，"去数数一共几张，都买了！"

"没听说过这个画家！"戴金丝眼镜的男人用一种极其平静的语气说。

"我觉得不错，这个价钱与其求爷爷告奶奶地买一幅大腕不知为何物的作品，还不如买些能看明白的！"女人说，"有风景，有人物，你看他还有些性格。何况你不是说有操作空间吗？我就喜欢投原始股。"

男人点点头，转脸问九水："那就统计一下，老板说都买了。"

九水嘴里烟缓缓地燃烧着，长长的烟灰眼看就要掉落下来。他整个人就如中了神经性毒素一样伫在原地，耳朵里则回荡着"都买了"这三个字，除此之外还有不断在扩大的心跳声。九水觉得自己体内有一枚无法拆解的定时炸弹，他实在难以理解这戏剧性的一幕。

林俐带走了四十幅油画和一箱阿良的照片。她留下一张两百万的现金支票，并告知九水将来希望大量收藏他和阿良的作品。女人离开后，九水的第一反应就是跑到最近的一家银行确认支票的真伪，在得到肯定的答复后，他一路号叫着跑回了工作室。这一刻，在他脑中类似《阿甘正传》之类的励志电影台词不断回放。他考虑着是否应该买一身三件套西装，来配合突然逆转的人生。他感谢着伦勃朗、塞尚、雷诺阿、蒙克。他无比想聆听贝多芬、德彪西、肖斯塔科维奇。

他感谢着上帝的蒙恩,就像被根除了不治之症的婴孩。他感谢着自己最后的坚持,感谢着阿尔法城荒诞的存在。他当然还要感谢阿良撮合的机缘以及那饱含着情谊的房租。

前一秒还处于赤贫状态的九水,现在成了荣归故里的骑士。他突然间明白,有时候,单凭信念和执着是无法见证奇迹的……

一个人的狂欢永远不算是狂欢。

次日早晨,九水全款提现。在工作室的地板上,他用一叠叠钞票摆出了"艺术"二字。然后自己躺在字的中央用手机拍了张照。照片即刻发送给了阿良,信息备注是:"苟富贵,不相忘。"

THE CHIVALROUS CAT
027 - 050

THE ALPHA CITY

GUOGE ZHANGLIAN

猫侠

我并不是太在意血统问题！倘若真要追溯起来，就我矫健的身姿而言必然有来自暹罗猫的遗传基因！我也很诧异自己竟有如此优异的弹跳力，就算是面对城市中最宏伟的建筑物，只要在楼层的衔接处有一丝丝间隔或是空调风机之类的着力点，我便能连续攀爬最终到达其顶端。可我并不喜欢以俯瞰的方式凌驾在这个世界之上，鉴于视差的关系，被高度缩小后的景观看上去柔弱极了，那些原本坚不可摧的钢架结构一时间仿佛骤变成酥脆的翻糖制品，我担心某个不经意的哈欠便会毁掉眼底的一切！百无聊赖之际，我更愿意栖息在一棵大树粗壮而茂密的枝丫上，一边嗅着叶绿素的气味一边懒散地欣赏那些自以为装有无穷智慧的人类脑瓜！

我当然不能接受"流浪猫"这个名头，对于我这般伟大的夜行动物来说这是无法容忍的污蔑！首先，我的自由不为任何意志驱使！其次，我无须高等生命们给予怜悯与关怀！我拥有洞察危险的判断力，持续奔袭的强劲体魄，躲避伤害的敏锐速度，以及可以随时隐遁在狭小空间的柔软肉身！比起那些被圈养在主人家中，毛发光滑、相貌堂堂、饱食终日无所用心的宠物猫们，我不必担心被强制执行的节育手术影响到我春日的多情，更不用为了一个廉价罐头而佯装出可爱活泼的模样。至于收容动物的救助站，那是留给只会发出沮丧吠叫的可悲弃犬的避难所,我和我的同伴们早已完全适应了现代社会,除了可以毁天灭地的自然灾害以外,估计没有什么东西能威胁到一只健全的成年猫的性命。如果硬要我为自己选一个人类发明的称号,那么非"侠客"二字莫属!

侠客云游四方!

太阳落山以后,我体内的兴奋与狡黠便会同步上升至一个绝对高点。当我的影子与夜色彻底合二为一时,我便进入最为强壮的时刻。我甚至尝试追逐街道上飞快流动的闪烁,譬如一辆豪华跑车的尾灯!然而,那些飞驰的红色鬼魅总是在刹那间逃出我的掌心。在我听过的关于猫的古老故事中,曾出现过能与光并驾齐驱的先祖们,传说它们快到能穿梭时间,掌控生死……

在历经过追光的练习之后,我对捕捉飞蛾、麻雀、老鼠之类的泛泛之辈实在打不起精神来,它们平庸的缓慢移动常常让我陷入困倦,更可悲的是这些本处在猫食物链范畴里的动物们已无法刺激到我的味蕾。这都要怪一家名为"鸢尾"的高档寿司店,这家店每日清理出来的客人吃剩的食物让我的舌头变得异常挑剔。

"鸢尾"的主厨兼老板山崎先生是个地地道道的日本人,此君平日里满脸严肃少言寡语,唯有在制作料理的时候才会显得精神奕奕。他的寿司店只在每天下午接待几桌提前预约过的客人,这里没有固定的菜单，因为寿司的种类取决于当天空运进口的海产。千万不要小看这米饭配鱼生的简单组合，光是金枪鱼的种类以及适合食用的部位就有很多学问！更不必提大米的产地，芥末是否由新鲜的山葵根磨制而成，海苔有没有经过两面炭火翻烤之类决定口感的重要细节！

迄今为止，我还没能吃到过一块完完整整的顶级蓝鳍金枪寿司，毕竟很少有人舍得浪费这种昂贵的美味！山崎师傅最讨厌剩饭的家伙，其次则是热衷食用三文鱼的食客。一般碰到执意要点三文鱼的顾主，他都会安排学徒大勇去制作刺身。大勇是土生土长的中国人，大学期间曾经作为交换生去日本留过两年学，因为对生食文化的痴迷，毕业回国以后他放弃了日企上班的机会，潜心跟随古板的山崎学习正统寿司的制作工艺。大勇对食材的态度并不像山崎那般苛刻，他认为一切新鲜的食物都有值得称颂的原味，即便是师父口中某些上不了台面的鱼类。

"我这里可不是什么连锁的回转寿司店"是山崎先生发音最标准的一句中文。一般他强调这句话时，都是遇见为了赶时髦吃日本料理的暴发户们。不过也会有一些懂行的美食专家慕名而来，如果你提出要自己制作芥末或是询问寿司里新米和陈米比例之类的专业问题，你很有可能被邀请喝上一杯产自日本轻井泽的高档威士忌。若是关于美食的话题能更入佳境，山崎师傅还会现做一道黑松露蛋卷。我也很幸运地吃到过这款镇店小食，这都是托一个不小心打翻了餐盘的美食专栏作家的福……

"又是那只猫。真是懂得享受啊!每次我们打烊清理餐具的时候,它都会准时守候在后门!"这是山崎看到我盘踞等候美味时的惯用台词。"狡猾的馋猫。"大勇一般会这样附和。"真是暴殄天物!"当大勇看到我翻出海胆或者黑鱼子时他总会用一种呼救的语调叫喊。师徒二人习惯在我扫荡珍馐的时候抽烟,顺便总结一下最近的工作,交流一下料理的经验。有时候,喝了些酒有点微醺的山崎先生还会试着摸摸我的头,如果我足够温顺他会奖励我一小块自己用来下酒的刺身,然后称赞我是一只懂得感恩的猫!

离开"鸢尾"后,如果天色尚早,我通常会去拜访一位我最为敬重的长者——三足。三足是这老伙计的法号,为何一只猫会有法号?因为它现居"清泉寺",是一只处于修行中的猫。为何一只猫会在庙里修行?因为它已故的主人曾是这所庙里最有威望的住持,当年三足因为意外失掉一条前腿而被住持收养疗伤,痊愈之后它便开始了参禅悟道的僧侣生涯。

说起辈分和年龄在 W 城中恐怕再也找不出一只能与三足相提并论的猫来。论行为举止,三足在猫界也是绝对的异类。光是每日听经礼佛也就罢了,它居然还是一只坚持吃素斋的猫!断绝荤腥,当然违背了猫的基本常识,后来三足告诉我,它食素并不是生理或基因的突变所致,而是受到了佛法点化加持。自打它获救于清泉寺住持方丈以后，它便闻不得半点肉味，嚼起萝卜青菜来反倒神清气爽。按照住持方丈的说法，就三足这样的秉性与慧根来看，几世前定是有罗汉修为，这一世它化作猫身，历经了断足一劫后又重归佛门……

我来清泉寺找三足并非要询经问道，我其实是贪图寺中甘甜的泉水，这里的一处天然泉眼正是寺名的由来。此水虽不敢说有延年益寿的功效，但提神明目的作用还是非常明显的！喝过这醒脑的泉水之后，基本上就到了我夜晚游荡的时段。可今日，三足却饶有兴致地要带我去寺里的一处偏厅逛逛。在供养三世佛的正殿旁边有一条青石板小径，穿过小径，绕过一片幽静文竹林便来到三足所说的偏厅，我虽是清泉寺的常客，却从未发现这处隐蔽的佛堂。

偏厅门头的正上方挂着一块长匾，匾上写着"不二法门"四个大字。在厅内的佛台中央摆放着一尊观音的泥塑。菩萨的脸部表情怡然自得，眉眼间还露出几分顽皮。大士单腿盘坐在莲花台上，双手只是摆出一个简单的法印，并没有拿着神通广大的宝瓶或其他法器。

"这尊像倒是少见。"我小声嘀咕道。

"这是自在观音。"三足说着，卧下身来。

"带我长见识来了？"我舔了舔爪子，调侃道。

"结个善缘!自从这里的住持方丈过世以后,能陪我聊天的也就只剩下你了。"

"和尚死了不都叫作圆寂吗?"我问,"听你的意思,好像过去你能和方丈交流一样。"

"精神上达到共识以后,意念是可以相互传递的。虽然方丈是人,我是猫。"三足说,"圆寂是得道高僧脱离肉身的说法。方丈的修为不够,达不到那种境界。可笑的是他火化以后的骨头渣被那些傻帽弟子说成是什么舍利花,还当成宝贝供奉起来。古往今来,能烧出舍利的大智慧者屈指可数。方丈只能算是个善僧,要成正果还不知道要修多少世哩!"

"这些玄而又玄的东西,我可听不明白!我为猫的信条不过是及时行乐罢了。"我抖了抖身子,"虽然搞不懂你说的大修为,但看样子您老人家的境界不比寺里的僧人低啊!"

"虽说是同道,修行还是要讲究资质。资质聪颖的少修几世,资质愚钝的苦修几世……"三足翻了翻身子,"像我也就是讨几口斋饭吃,谈不上境界不境界。今天带你来,就是觉得你有几分'自在'的善根,想结个善缘。怎么样,要不要拜个码头,让大士收你当个猫弟子?"

"老兄,我可算是五毒俱全的馋猫,让我不开荤戒岂不是要了我的命！"我摇着尾巴，眼看外面天色已晚，却又不敢提出告辞的请求，毕竟三足是长者。猫的世界里可是很讲究老幼尊卑的！

"修行的方式有千万种！你不是自诩猫侠吗？只要不违背侠义，就不算破戒！"

"反正也算是跟着您混呗！"我模棱两可地答道。

"你也不必多礼，只需虔诚地拜上三拜，大士若是肯收你，自然有办法让你知道。"三足说，"今日我也是同你来道别的，我自知已时日无多，现在就算是将我罗汉猫的衣钵传给你！"话音刚落，三足便沿着门框飞身跳跃到那块写着"不二法门"的长匾后面，不见了踪影。

"没想到这少了条腿的老家伙竟有如此敏锐的身手！"我暗自诧异道，再一回头，刚才佛台上自在观音的泥塑竟也莫名消失了。我如触电般地打了个激灵，然后立刻将整个身子扑倒在地上。

"大士慢走……"我一边叩头一边喊道。顶礼膜拜之后，我小心翼翼地蹑着脚离开这间偏厅。返回的路上我连头都不敢回，谈不上害怕，只是打心底里有所敬畏。

出了清泉寺，夜色正浓，新月的形状让我再次想到那尊消失造像的眉宇。一时间我又觉得有什么遗漏，我竟忘了与三足告别，我想这恐怕是我们在凡尘俗世中相见的最后一面。不只是猫，很多动物都有预知死亡的能力，譬如大象临终前会为自己掘墓，雄鹰则会不断向苍穹冲击直到精疲力竭。而猫的习惯通常是找一个绝对隐蔽的角落，悄无声息地离去，像三足这样有所嘱咐的，我也是头一回见。

我缓慢地朝着城中灯火最密集的区域走去，脑中反复思索着刚才充满禅机的对话。究竟什么是自在？到底如何才不违背侠义？这些问题早已超出了我为猫的思考范围，但我知道在猫的哲学中，前辈的告诫与引导一定是正确的。不知不觉我已来到人民广场，几辆空载的出租车从我眼前依次驶过，车顶LED广告灯箱不停地轮转着各种招商信息，其间还会插播当下时刻与天气情况。

我猛一眼看见今天的日期，我竟差点错过与阿黄的决战！

阿黄是不夜街上的猫王。

不夜街顾名思义就是通宵营业的街道。整条街上酒吧紧挨着酒吧，火锅店并连着火锅店，快捷宾馆依附着快捷宾馆，种类相同的店家甚至有着如出一辙的装潢，至于其中经营的内容无非是酒吧贩卖相同的啤酒，火锅店兜售相同的底料，快捷宾馆出租相同的床位，行走在这条街上要不了多久便会有一种置身于棱镜中的错觉！买醉的人与吃宵夜的人到头来终成为走进旅店的人。我不明白为何人类常常笑话猫一晌贪欢，相比起人类凭借着各种理由的随机媾和，猫在发情期间的疯狂交配显然要理性得多……

我曾与阿黄有过两次交战记录，我们各取一胜，势均力敌。然而这条街的交配权和统领权仍旧属于它，这周围的母猫都为它诞下过子嗣。其实，我并非是觊觎一个猫王的头衔，也没打算将阿黄的妻妾们据为己有。我只想得到阿黄的小女儿尤娜，倘若猫真的有九条命，我一定只剩了八条，因为尤娜遗传于波斯血统的蓝色双眸早已窃走我一道魂魄。至于它优雅的姿态以及婀娜的曲线，则占据了我所有的黄粱美梦。在遇到尤娜之前，我一度将自己归结为风流浪子，可在与它为数不多的几次谋面之后，我彻底沦为它的裙下之臣。

我带走尤娜的唯一条件，便是打败阿黄！

我对这将要到来的一战有着必胜的把握，阿黄身上折耳猫的基因缺陷所导致的骨骼变异日益凸显，那是一种类似风湿的疾病，这意味着它要强忍着后腿弯曲时的阵痛来躲避我迅猛的攻击。阿黄如今所剩下的唯一优势便是那看似强壮的身体，不夜街上港式火锅店里丢弃的肥牛边角料，将它催化成一只接近我两倍体重的巨猫，可在我眼中这才是它最致命的弱点，它极有可能在战斗中猝死过去！它是一个饮食无度的拳王，它并不知道多余的脂肪和人类肮脏的调料已经堵塞了它的血管！我则凭借着"鸢尾"提供的没有任何添加剂的鱼生获得了近乎完美的肌肉，我自信在角力上不会输给任何猫。

对抗的擂台设在"满扎"酒廊的后巷,这条狭窄幽闭的背巷很少人经过,偶尔几个呕吐或者小便的醉鬼也都是在巷口草草了事。在这条细长深渊的尽头就是阿黄的大本营,那里栖居着不少野猫,它们是阿黄忠心耿耿的喽啰,它们需要抱团生存,它们从不越界,它们活在猫王划分的阶级之中……

我单刀赴会,从容不迫地朝着巷尾挺进,奇怪的是这一回我并没有听到阿黄手下发出的充满敌意的"哈声",就连这里曾经浓重的猫尿臊味今天也变淡了许多,我嗅不到任何敌对的气息,只觉得有一丝隐约的衰弱萦绕在我爪边。

终于,我看见了阿黄的身影,它就卧在它那寒酸的王座—— 一个破旧的沙发垫上。昏黄的街灯拉长了它壮硕的轮廓,它看起来更加巨大了。昔日围绕在阿黄身边的小角色们全然不见了踪迹,唯独那只风韵犹存的波斯母猫(尤娜的母亲)紧紧靠在它怀中。

"这么冷清的王者之地,我有些不适应啊!"我大声调侃着。我锋利的指甲则跃跃欲试地刺探出来,准备随时展开攻势。

"勇气可嘉的年轻人,我就知道你会准时赴约。我其实也做好了将一切拱手相让的准备,只可惜……"

"我可不是来和你争这条破街的!我只想带走尤娜,你的宝贝女儿。"我毫不客气地打断了阿黄,我实在讨厌它那类似临终遗言的对白。

"没错!我答应过你,打败我你就可以支配这条街上所有与猫相关的事宜。我也知道你为尤娜而来,不过现在这些都不重要了。"它喘着粗气,"这条街如今是猫的坟场,胆小的家伙们全都逃跑了,剩下的不是死亡就是严重伤残,包括那些尚未成年的小家伙们!那个女人,不,那个女巫太残暴了,尤娜已经失踪了好几天,它一定也被活剥了皮……"

"活剥了皮!"我的脑袋"嗡"的一声炸裂开来,"胡说八道!人怎么可能抓住尤娜,它正值身体最旺盛的年纪!"

"她在食物里下了药。那些沙丁鱼罐头要了孩子们的命,我听说那是一种叫三唑仑的特效催眠剂。她几乎捕杀了这一带所有的幼猫,她活取猫的器官来制作工艺品……"阿黄有些哽咽,它狠狠抓住垫子,身旁依偎着的母波斯猫轻轻舔着它一侧的耳朵。

"在哪能找到那个女人?"我尽量压低声音,全身的毛发却早已如戟般竖立起来,我的尖牙就要穿破嘴唇,我感到一股血腥从舌底溢出。我曾一直争取以最骄傲的方式带走尤娜,带她去试试"鸢尾"的海产,带她去尝尝怡人的清泉。我幻想着在漫漫长夜里与尤娜彼此追逐，相互拥抱……

"她几乎每天都在满扎喝酒。没有猫可以接近她，她身上有股专职杀戮猫的戾气。她是猫的天谴，我们宿命中的敌人！"阿黄说，"我也打算离开这里，不如我们去开辟新的街道吧！你和我联手，去占领新的地界绝对没有问题！"

"猫根本没有天敌！而且尤娜只是失踪了不是？我得去找到它，就算是一具被活剥皮的尸体。你得带我去指认那个女人，剩下的事情交给我。"

"自以为是的疯子！你以为自己是猫的救世主？"阿黄从沙发垫上跳了下来，它发出一阵猫之间相互恐吓时才会有的叫声，但它万万没想到我紧随其后还以更激烈的咆哮。整条巷子里都回荡起我俩的嘶吼，那凄厉的震颤中充满着绝望和愤怒。最终，阿黄面对我无畏的喷叫垂下头来。这一次它明白自己彻彻底底地输了。

"我只知道那个女人开着一辆黄色的保时捷跑车，车牌尾号三条九。我劝你不要铤而走险，她就是为屠杀猫而生的家伙！"阿黄的语气中再没有任何猫王的威严。

我转过身朝着"满扎"的正门奔去。在经过一排满实满载的垃圾桶时，浓重的腐臭味让我彻底丧失了理智。我以扑击的方式向前行进着，被带起的夜风从我耳畔掠过，我甚至怀疑此时此刻的自己有能力撕扯开这个卑鄙无耻的世界！在我脑中不断映射出扭曲的人类模样，映射出那些喜形于癔病与恶趣味的嘴脸，我实在无法揣测人类的行为举止，无法理解那些一念间天使到魔鬼的转变……

满扎门口停满了酒客们的车子，颜色和外形都很出挑的敞篷保时捷很快便被锁定在我的视线内！我伫立在距离停车场 20 米左右的位置，一边观望一边调整着呼吸。猫狩猎时本能的冷静已将之前的狂暴完全压制，我眯着眼睛开始制定策略。显然我无法徒手制裁一个成年女人，如果正面较量，我无非是在她脸上留下几道抓痕，而我需要带给她更刻骨铭心的惩戒，比如一场突如其来的意外。

"或许我可以让一辆高速行驶中的车子失控。"我暗自盘算着，在笃定这个想法之后，我便飞快地溜进了停车场，借助其他车子底盘的完美掩护，我顺利地潜伏到了保时捷旁。天意难违！跑车的软顶篷竟然没有合上，我纵身一跃，轻松跳入车内，除了沿街的监控探头以外根本不可能有人察觉到我的行踪。

车里淡淡的绿茶味香水并不难闻，只是在幽香之中始终徘徊着一股猫专属的体味。我仔细寻觅着气味的来源，直到我瞧见后视镜上的挂饰——一枚透亮的玻璃环上穿过十几只大小形状几乎一致的幼猫耳朵，这类似邪教祭品的物件似乎还带着体温，我险些呕吐出来。我咬着牙仔细辨认了一番，并没有发现一只与尤娜毛色相符的耳朵，可我一点也不觉得庆幸，我宁肯眼睁睁地确认尤娜的死亡也不愿意想象它备受摧残的模样。我有史以来第一次体会到恐惧，对人性的恐惧是我迄今为止最黑暗的感受！我竭尽所能地控制着即将崩溃的情绪，之前刚刚稳定下来的理智状态一下子又到了瓦解的边缘。我只得再次调整呼吸，在平心静气的过程中却感受到强烈怨念在车中盘旋，我听见枉死的同类们在集体呼救，它们无尽的恶意正在与我做能量对接，我必须下定杀心。

我由车子的主驾位跳到副驾位，最终在这辆单排双座的紧凑型跑车里找到了一个藏身的绝佳位置——副驾的储物箱下与主驾油门平行的那个角落。我的毛色恰巧与铺在此处的灰褐色脚垫相同，如此一来便出现了一个视线上的绝对盲区，我确信女人不可能看到我，除非她拥有动物的第六感知！

这是我经历的为时最久的伏击前等待，高度的紧张竟让我陷入一种难以明说的兴奋之中。每当有人经过车子，我的毛孔都会不由自主地扩张开。终于，一串高跟鞋击打地面的清脆声响咄咄逼近，随之而来的是中控门锁弹起的声音，很快一个穿着黑色风衣的女人拉开车门，挤身进来。我小心翼翼地伸出头来，打探着她的模样。一张几乎僵硬的假脸上布满了厚厚的粉底，殷红的唇彩像是刚刚活吃了没长毛的老鼠，为了凸显鼻梁高挺刻意为之的阴影简直是出自遗容化妆师之手！在淡黄色照灯的映衬下，她更像是一具活动的蜡像。

女人将一只银灰色的手袋丢到副驾座位上,然后熟练地插入钥匙发动了引擎。她一脚到底的起步油门相当生猛,车子瞬间便弹射了出去,要不是我牢牢地扒住了脚垫,恐怕已经因惯性而被甩飞。虚惊之后,我重新摆出一个饿虎扑食的姿势伺机而动。车子还在不断提速,排气的轰鸣与嗖嗖的风声交相呼应,像是在夸赞女人狂野的驾驶技巧!

恍惚间,一些晶莹的光斑从我眼前晃过,原来是一枚在女人皮包拉链上的水晶球正不断折射着来自四面八方的人造光源!在这颗核桃大小的水晶球里还镶嵌着一枚橄榄形状的蓝宝石,一抹略显暗淡的荧光从蓝宝中缓缓流淌出来。十几秒后,我差点叫出声来,因为水晶球里的根本不是什么蓝宝石,那正是尤娜的眼睛!车里的空气似乎到达了一个凝固的冰点,我只觉得有一把隐形的长锥扎入了我的后背。女人打开了收音机,午夜电台播放着 Ozzy Osbourne 的成名曲 Crazy train,不知如此躁动的重金属乐是否有安魂的作用!

此刻的跑车已处在恒定的高速行进之中,我知道切入的绝佳机会已经来临,我纵身飞出,犹如离弦之箭。我将全身的力量都汇集在爪前,然后准确无误地挠在了女人眉心的位置。我的指甲里立刻堆满了带血的肉末以及沾有化妆品的皮屑,惊慌失措的女人在尖叫中乱打着方向,待她想到要踩刹车制动的时候,车子已经失控冲向了路边的绿化带。由于速度太快,被撞开的护栏不但没有终止车的运动反而起到了杠杆的作用,车子侧翻之后又滑行了一段才静止下来。

受到安全气囊的强力挤压,我险些昏迷过去。待我缓过神来却不见女人的身影。我爬出已经面目全非的车子,环顾四周,发现女人已被甩到一片刚刚种植的林带中,不怎么粗壮的树苗竟然刺穿了她的身体,她看上去就像恐怖片里被钉死的僵尸,只可惜我不能再放上一把火,像她这种人根本不配有一具体面的尸首。我重新返回到报废的车里将她皮包上的水晶球扯了下来,衔在口中。这时已有路过的司机发现了这桩事故。

"我去!这也太夸张了吧!"一个赶来现场的男子惊呼着。

"你可别碰她,估计是挂了,先报警吧!"另一个男子怯怯地提醒道……

并没有人发现我的离开。

我漫无目的地向前狂奔着,丝毫没有大仇已报的快感。绵绵黑夜犹如一只巨大的布满陷阱的铁笼,我从未像现在这般期许着黎明到来。疾跑了好一阵之后,我突然踉跄倒地,待我低头才看到自己腹部竟有一处向外溢血的伤口!我尝试重新站立起来,眼前的一切却渐渐变得模糊。

再次醒来时,我栖身在一个阳光充足的玻璃花房中,在我身旁除了水嫩的多肉植物以外,居然还种着几盆刚刚发芽的猫草。若不是小腹还在隐隐作痛,我真的会以为自己到了猫死后的极乐世界。

这几盆猫草是我的救命恩人特意为我准备的礼物,她叫小佳,是这间花卉馆的女老板。她发现我时我正奄奄一息地昏倒在她花店旁边的草丛中。至于获救的过程我完全没有记忆,但从伤口的处理上判断我定是受到专业的宠物医院的治疗。小佳还为我制作了一个大小合适的皮项圈,项圈中间则挂着我昏迷时嘴里含着的水晶球。显然,她有收留我当宠物的意愿。在我养伤的这段日子里,小佳每天都会喂我吃拌着消炎药的猫粮。她还购置猫砂盆,并配以一种除臭力超强的玻璃猫砂,只是在这种猫砂里大小便根本没有刨土的乐趣!

除此之外小佳还会定期替我除虱,剪指甲,梳理毛发!花店打烊之后,她总是和我倾诉衷肠。她糟糕的感情经历,足够编纂一部上百集的狗血连续剧。总而言之,小佳所有以至死不渝开始的爱情最终都以始乱终弃结尾。每当她抱着我喋喋不休的时候,我都会尽量放空自己,顺便缅怀一下尤娜。在历经了与屠猫女殊死搏斗后,又得到小佳这种爱猫人士的细心照料,我的精神状况已近分裂的边缘。

入冬之后的 W 城又萧瑟又干燥。已经彻底痊愈的我早已将离开提上了日程。我受够了精心配比的健康猫粮,那简直比死老鼠还难以下咽。以往的冬季我都是在供热站附近的锅炉房里度过,我很怀念那些热烘烘的铁皮管道。

放晴的日子终于来临了，我本打算借着花店开门营业，实施自己的逃跑计划。谁料到，小佳居然一夜宿醉，一大清早就在花店里耍起了酒疯。她拿着剪刀将过肩长发乱剪一通，还硬生生扯下左耳上的船锚样式耳钉。她一见到我便大声号哭起来！我一时间不知道发生了什么，只好杵在原地静观其变。

"咪咪，你知道吗？她要嫁人了……"小佳突然跪倒在我面前，紧贴着我的爪子说道。

我向后退了半步。我对咪咪这个称呼简直深恶痛绝！

"我以为我们只是最好的朋友！我不愿意承认，自己喜欢女孩子。但我真的接受不了她要出嫁的事实。我一直以为自己能压抑住这种不正常的取向，但我做不到，我觉得我撑不住了。我真的好难过啊！"小佳狠狠攥着那枚耳钉，"我们俩还有一模一样的情侣耳钉，我还以为她能感觉到我爱着她……"

我完全理解不了这种错位的同性之情。在猫的世界里这是根本不可能出现的事情。我望着眼前这个让我莫名其妙的姑娘，不知如何是好！有那么几秒钟，我又有些羡慕小佳，至少她还没有到生无可恋的地步！阳光缓缓地穿过花店的玻璃，穿过我脖颈上的水晶球，穿过我身下愈合的伤疤，穿过我毫无希望的灵魂。

抽泣并没持续太长时间，小佳恢复平静的速度比我想象的还快，她颤颤巍巍地扶起身子,在我们俩四目相对的瞬间,我捕捉到一股异乎寻常的寒意。我一晃神,小佳竟破门而出,冲到了街上,我也顾不上思量,像只无头苍蝇紧随其后地追了出去。小佳跑到了离花店最近的一座过街天桥上,她闭着眼睛紧紧依靠在那毫无安全性可言的防坠护栏上,桥下是飞驰而过的双向车流,背后是毫无瓜葛的过桥行人。小佳似乎受到一种难以名状的磁力吸引,她渐渐朝着桥外倾斜着。就在这一刻,我用爪子环抱住了她的脚踝,压住了她已经踮起的脚尖。她扭头望向我,又一次放声大哭起来,她的泪珠像极了钻石。这世间最弥足珍贵的东西莫过于带有生命温度的液体,即便是腥臭脓血,黏稠的汗水,赤黄的尿液,这些被排出的秽物由于经历了呼吸循环也具备了滋养其他物种的能量,哪怕是在幽暗之中生生不息的菌类……

人类通常以泪水表达悲伤,可哭泣并不是人类的专长,大部分哺乳动物都会哀嚎流泪,譬如丧家的狗,待宰的猪羊。猫亦会落泪,为孤独落泪,为选择孤独落泪。或许自在是一种幸运的天赋,孤独才是猫不可逃避的宿命。

我想我算是救了小佳的命,这样一来我们两不相欠。坠桥的风波平息之后,我再度推迟了离开的计划。冬天如期而至,玻璃花房里的室温还能将就,食物却一如既往的糟糕。小佳彻底换了发型,干练的短发头还挺符合她的气质。我则靠着猫草带来的短暂兴奋勉强度日,很久没有夜游的我竟然有些适应有规律的作息时间,一只快要遗忘了夜晚的猫,说来着实有些可笑。

在六道中,在尘世间,我唯一模仿不了的便是人类的笑容。换而言之,只有人形的生命体才具备微笑的智慧,也只有在人们会心一笑的时刻才有瞬间神性的链接。小佳开始大量地栽培多肉植物,喜欢佛手花,培育简单,成活率高,花的叶片饱满并且充满了安全感!多肉花卉渐渐修复着小佳心中的空缺,而真正扭转她执着的却是一本偶得的《金刚经》,经书是一位常来光顾花店的居士结缘的赠礼。现在的小佳再也不向我提及那些陈腔滥调的爱情往事了,取而代之的则是满心欢喜的诵经。"一切有为法皆如梦幻泡影,如露亦如电,应作如是观……"每次她念到这里,我总觉得我的项圈会倾泻出别样的流光。

本地新闻报道了那个屠猫女子的意外身亡,人们从她的手机里找到很多虐杀猫的视频,据说她的葬礼上还有一堆爱猫人士去闹场。没过多久,新闻又报道了清泉寺要搬迁的事情,我并未在电视上看到关于那座偏厅的影像,我想也许这是我猫生中最有趣的谜。

冬至这天,小佳应那位居士之邀去了清泉寺,据说是在迁寺之前去还愿。奇绝的是她居然请回一尊造像,而那正是曾在我面前陡然消失的自在观音……

夜里,我做了一个永远都没有醒来的梦。大士和三足在一片温暖的粉色幻境中完成了我的皈依，那里土地柔软，我就像踩在自己的肉垫上。在我周围长满了猫薄荷，我几乎要被那浓郁的味道催生出幻觉。这一次大士乘着一条小舟从天而降，他说我历经了考验，在一杀一救之间有功无过，虽动过恶念，破了嗔戒却不曾有违侠义，今日就勉强收我当个猫童子。

然而与我对位的并不是三足，它的修为现在可以自立门户。大士当然也有大士的讲究，怎么会有形单影只的童子？

我的项圈则化为另一个猫童子……

THE FACE-LIFTING PRINCESS
051 - 084

THE ALPHA CITY

GUOGE ZHANGLIAN

自建屋公主　（上）

希伯来语本身就是人类文明史上的伟大奇迹，我们有必要去赞颂犹太民族高人一等的智慧，他们几乎没有差池地复原了已经断代两千年的语种，这意味着倘若某天真的出现时光机器，犹太人可以毫无障碍地与他们的祖先交流。有时候你难免会怀疑在犹太种群中存在着一小部分人拥有先知或恶魔的血液，他们每百年现世一次，编排并且掌控人类未来的进程。

当然，文身师们并不会以此推荐希伯来文的刺青，他们只会告诉你这些类似符号的象形文字搭配圣经的段落看上去很酷，那就好比是为你的皮肤贴上了某个知名奢侈品牌的LOGO。这也导致无数连新约和旧约都分不清楚的家伙们会借此佯装自己是虔诚的基督徒，甚至有人会在后背上文一个巨大的十字架来冒充救世主，他们根本不明白祝福和庇佑往往与苦难并存，更不可能会理解"原罪"的意义！倘若这种伪信仰也能算作一类成功的布道，现如今的修女们完全可以去研习一门文身手艺，就其传染病般的流行态势来看，全世界的宗教统一的那天指日可待！

小艾早已忘记文身枪反复扎入身体的感觉，那就如孩提时的龋齿治疗，是一种不好形容却真实存在过的痛楚。从小艾左侧的脚踝处开始,整齐地书写着旧约里广为人知的段落:"你的眼不可顾惜,要以命偿命,以眼还眼,以牙还牙,以手还手,以脚还脚"。灰褐色的字符一直蔓延到距离她膝盖两指的位置,这几行由电脑排版的希伯来文刺青看上去很是生硬,却恰到好处地遮住了她小腿肚上因事故留下的印记。对于一个艺能工作者而言,一道无法修复的疤痕是绝对致命的!然而正是这道藏匿在文身下的永久损伤,时至今日却成为小艾唯一的抚慰。每当她对镜子中的陌生脸孔产生怀疑与恐惧时,她便会俯下身子抚摸这条真切的凸起,借此来短暂地遗忘玻尿酸的注射周期以及瘦脸针引起的咀嚼无力……

开眼角手术失败后眼白和血管毫无保留地暴露出来,隆胸的硅胶下坠到了腹部化作一枚巨型肿瘤,鼻梁里的晶体戳穿了额头变成异兽的犄角,如刀锋一样的下巴不慎刺开爱人的颈部动脉……以上种种几乎是小艾每晚要反复经历的血腥梦境。然而,诸如此类可怖的情景都远远比不上现实中的一次撞脸。在整形医院宽敞明亮的走廊上,当你还在为改造后的精致面容扬扬得意时,忽然瞧见一个一模一样的自己正迎面走来,正当你们四目相对以为遇见了失散多年的孪生姐妹时,另一个完全雷同的脸孔极有可能会在走廊的角落惊现!你的主治医生永远不会告诉你他生产制作了多少无法区分的产品,甚至就连替你注射药剂的护士摘下口罩后都与你有着同款的嘴巴或鼻子。

如果你相信失落文明的存在,那你必须承认人类的末日源于不断进化升级的改造技术。沉没在海底的亚特兰蒂斯就是最好的例子：那里的人们曾经拥有几近于神的改造的能力，他们对抗着物种与差异，对抗着性别与取向，对抗着衰老与死亡，妄想以人的智慧重置自然规律，可最终他们触怒了真神遭到万劫不复的毁灭！也许新世纪的整容术就是重蹈亚特兰斯蒂覆辙的开始。当然，小艾无须担心什么，就时下的医疗与科技的发展速度来看，她根本不可能活到末日降临的那天……

独处的时候，小艾常常想起自己过去的"名号"——自建屋公主！谁也不会想到，这个曾拥有姣好面容的姑娘居然为了顺应时代拙劣的审美而"改头换面"。尽管谈不上倾国倾城，但那张稍有婴儿肥的圆润脸庞着实讨喜，一双微微带着点倦意的杏仁眼下面是一枚鼻翼稍宽但不乏俏皮的鼻子，面相上稍有些不吉利的薄唇则被厚实有肉的耳轮弥补。若是分拆来看小艾以前的每一处五官都有些许瑕疵，可当它们拼凑在一起时却是可圈可点的漂亮组合，其中饱含着一种浑然天成的令人舒适的美感，在当年城乡结合的自建屋群落里，她毫无疑问是最引人注目的女孩！

小时候，小艾总能听到周遭邻居们的称赞，大伙常说她有明星相，具备登上荧幕的潜质。如此潜移默化的引导，使得她的父母也陷入了造星的癔病中。小艾的父母经营着一家批发水果的小店，除此之外全家的重点经济来源便是自建屋的房租。这自建屋的前身其实是小艾爷爷留下的一块宅基地，因为城市扩张的缘故，这块用来务农的地皮成为了新城区规划开发的部分。但有时候，拆迁和征购的项目往往就只隔着一条马路，马路这边的人一夜暴富，而马路那头的人则胃口大开不断增加着自建屋的层数，计划从政府或者房产开发商手里牟取更多的补偿！

小艾家的那块地皮上早早便建成了两栋六层高的小楼，空置的房间廉价地租给了外来务工人员。家中的绝大部分收入都用于供给小艾参加课外艺术辅导班，舞蹈、声乐、绘画、形体、表演，可小艾却天生与文艺绝缘，她的身体中开发不出半点律动的节奏感，唱起歌来也是五音不全，对颜色的感知力甚至达不到普通水平，即便模仿起简单的猫步也会如诈尸一般僵硬，她除了勉强能扮演路人以外再无可以胜任的角色。由于天赋上一无所长，在临近高中升学的那年小艾及家人本打算放弃从艺之路。选一个普普通通的高中，混一个大学的文凭，将来找个踏实上进的丈夫，也许这才是一个平凡女孩该有的人生轨迹。可一切又因为一位艺校资深女老师的至理名言而峰回路转，"除了与生俱来的外形条件不能改变，其余的能力都是可以后天培养塑造的！"

这句话让小艾一家重新开始编织成为明星的美梦。

这一年选秀节目风靡全国，就连那些性征不明，雌雄难辨的家伙们都红得像迈克尔·杰克逊。他（她）们的海报占领了可口可乐，占领了德系汽车，占领了乐力包装的牛奶，甚至占领了牙膏和卫生巾。

他（她）们无孔不入，向世人炫耀着一夜成名是多么轻而易举的事情。

这一年国内的房地产业也如雨后春笋般疯狂滋长，财富的排行榜上几乎全是以地称王的大亨。小艾出生的这座二线城市也迎来了前所未有的开发，昼夜不停的工程项目让人们以为这里将要成为世界的中心。至于她家的两栋自建小楼，价格也是水涨船高，每天都是投机商人前来洽谈征购。

所有不可思议的幸运都在同一时刻汇合，一切就像一个五光十色持续膨胀却不会爆破的肥皂泡。小艾的父亲将两栋自建楼统统卖给了房地产公司，拿到了接近千万的拆迁款，除此之外还有几套商品公寓作为面积补偿。老艾将这笔巨款分割成两个部分：百分之八十的钱投放在当年一本万利的小额借贷中，余下的部分则用来敲开女儿的明星之门。小艾则由母亲陪同前往了北京一家学费高昂的专业表演培训机构，机构保证三年之后一定能将小艾送入一流的表演学院。

练习朗读发声，练习人物塑造，练习情感控制，练习解放天性，而最重要的练习却是如何融入"文艺圈子"。与其说那是一家专业的培训机构，倒不如说是一家专业的中介公司，但凡你交够了钱就有机会接触到演艺学院中一些举足轻重的系主任。接下去就会有系主任们点对点的专项辅导，辅导你找准吃饭买单的时机，辅导你学会敲门送礼的套路，辅导你牢记一个安全转账的银行卡号，最终你唯一要到位出演的是如何摆出一副热爱演艺事业的嘴脸,你必须含着泪深情款款地告诉面试你的考官自己是发自内心地喜欢表演艺术。

"你有一张能让观众记住的脸庞,我们欢迎你……"决定录取并收受了好处费的终审考官们会将自己毕生的演技都注入在这句对白中。他们看到小艾时灵光乍现的眼神就像发现了玛丽莲·梦露在东方的转世一般。当然,他们很快又会发现亚洲的奥黛丽·赫本,大陆的山口百惠,西城区的林青霞,东三环的张曼玉……就这样,小艾通过了这所赫赫有名的表演学院的考核。鉴于文化成绩欠佳的缘故她只能先读专科,两年以后若是专业达标,便有机会再升本科。拿到通知书的那天小艾并没有感到半点惊喜,对钱花到位的金主们而言顺利录取是理所应当的事情!

等待正式开学的夏季燥热而漫长,进京艺考归来的小艾每天除了定时去瑜伽馆塑形之外,便是在网络上搜索各种时装的资讯。她与昔日自建屋群落中一同长大的玩伴们完全划清了界限,还未有半点名气的小艾首先学会故作高冷,毕竟是在帝都混迹了三年,无论从眼光或者识见上她都自诩要高过家乡的同辈。春风得意的小艾再也不愿意听见"自建屋公主"这个过气的名号,她企图向过去诀别,与简单耐用的化妆品诀别,与朴素舒适的运动鞋诀别,与少女怀春时收集的男星海报诀别,她打算将一切散发着普通气味却让人有所依恋的事物统统格式化掉,她甚至想过要编纂一段光怪陆离充满传奇的过去,一个明日之星应该拥有的过去……

夏至当日的苍穹像是患上了不太严重的白化病，迟迟不肯妥协的灰色逐渐瓦解着人们早睡的意志。晚饭后，小艾的母亲独自出门遛弯消食，这是她多年来始终未曾间断过的健康习惯。在北京陪读的那段百无聊赖的时光里，散步和国产电视连续剧是她用来解闷的两大法宝。这个提前闭经的中年妇女早已失去了对生活多余的遐想和憧憬，愈发迟钝的大脑反应让她隐约预见到未来不可避免的老年痴呆症。她将自己正式步入衰老前残留的最后一点点能量完全释放在女儿身上，她就像越战片里那些以命相搏进行轮盘游戏的美国大兵，为了女儿她不止一次扣动扳机却都侥幸避开了厄运的子弹。

这三年在北京的经历让她愈发感到自己在世间的渺小，给女儿打通关系的高额费用是她此生最为奢侈的一笔开销，但这些不计成本的花费根本无法掌控局面，能付得起钱只不过是最基本的一项录取条件。在同批次的考生中不乏美貌与才艺并重的孩子，有人精通六种乐器、有人能讲多国语言，甚至有人早已在当红电视剧中崭露头角，与此同时这些佼佼者们大都有着殷实甚至是阔绰的家境。相比之下自己的女儿就像是一颗误入了女皇首饰盒的漂亮石子，但石子终究是石子，无论怎么打磨都不可能变成价值连城的珠宝。

小艾的母亲并不愿意点破这些遥不可及的差距，与其说是为了建立女儿的信心倒不如说是一种来自小暴发户的虚荣。当曾经的邻里们为女儿的中第前来道贺时，她还要摆出一副没什么大不了的模样。她享受着那短暂的羡慕眼光，而内心深处的不安却在疯狂滋长，因为她不确定女儿的通过究竟是宿命的安排,还是一个过分的玩笑……

天黑得实在太慢,女人不知不觉中竟然走到那片曾居住过,现已被彻底征购拆迁的自建屋区域。竣工不久的住宅和写字楼完全吞没了过去的记忆,昔日的露水市场凭空蒸发,宽阔的街道和还未完善的绿化带替换了原来泥泞狭长的小路。两侧紧紧相依的高层建筑带来一种令人窒息的压迫感,密密麻麻的塑钢窗难免让人联想到蜂巢的模样。也许是因为天还亮着的缘故,只有极个别的几扇窗户后面流动着灯火。在不远处,还有好几个正在加班的工地发出各种嘈杂的敲打声,高高的天车缓慢地在半空中划动着,也许下一幢房子就建在云彩里。

"这么多房子究竟多久才卖得完啊?"小艾的母亲自言自语道,突然一阵怪风袭来,一张售楼广告单掉落在她脚下。她低头一看,单子的正中央赫然写着"前三期已全部售罄"这几个大字。"何必要买不用来住的房子呢?"她不禁感慨。

继续前行,也不知走了多久女人终于停下了脚步。她四处眺望,只觉得自己正被一种很熟悉的磁场不断吸附着,她确定脚下的这片范围正是自家原先的宅基地,她突然想起过世的公公生前常挂在嘴边的一句话,"拥有土地的人才能心安理得地生活"。

连续数辆拉土车从不远处的工地驶出，满实满载的翻斗看上去犹如巨兽吃撑的肚皮，轮胎反复碾压着地面发出超负荷的声响，车速虽然不快但那种呼啸而来的气势实在让人畏惧。本处在发呆状态的女人回过神来，下意识地向人行道内侧走去。可谁也没有料想到，这竟是小艾母亲迈出的最后一步，打头的第一辆卡车居然鬼使神差地开出了主路径直朝着她冲去，司机疯狂地回转方向却使得车子彻底失去平衡，倾倒的车身一瞬间将女人吞没，翻斗中泻出的黄土将短促的惊呼声一并掩埋。画面定格在渐渐散去的尘埃里，只有夜幕仍未降临……

三天后的葬礼再次见证了化妆术的不可思议，本已是面目全非的小艾母亲在经由面部的修补处理后竟然出现了年轻五岁的效果。眼睛红肿的小艾在遗体告别仪式之前一直都戴着遮面的大墨镜，在掩饰悲痛的同时她似乎有意要建立一种接近明星的气场。曾经属于自建屋群落的大部分邻居都前来吊唁，这些靠着征地发家致富的人们总持有一种共患难的情怀，在过去与房产商的博弈和对峙中他们总是达成统一战线。

答谢宾客的丧宴算是隆重，城中司职白事的艺人们都悉数到场。小艾负责接待的那桌上大都是自建屋群落的发小，趁着这场葬礼很多许久不联络的人又重新有了交集。曾为小艾指点迷津的那位艺校老师也被安排在此桌。女老师围着咖色的纱巾戴着一副款式老旧的圆形墨镜，这打扮倒是与小艾十分登对。两个"圈内人士"有一句没一句地聊着关于京城艺考的故事,女老师反复提及了几个业界响亮的名字,据说都是她过去的同门师兄弟……

跨完火盆,客人们纷纷就座,白事艺人们则开始了演绎环节。演出的内容几乎都是些关于思念与缅怀的曲艺类节目,惨绝人寰的二胡独奏将悲伤的气氛推到顶点,摧枯拉朽的弦音让台下的宾客们又一次陷入不得不酝酿眼泪的窘境,菜都上好几道却迟迟没有人肯动筷子,所有人都一副食欲萎靡不振的模样,偶有几个不懂事的小家伙伸手去抓茶盘里的冰糖也遭到了家长的低声呵斥。拉奏终于完毕,只是音乐停止后的场面显得更加僵硬,人们不知道是该为这应景的二胡表演鼓掌,还是该一同起立然后抱头痛哭!

恰逢此时,一个披着长发的胖子登上了舞台。"为了以表哀思,下面由我为大家带来一首《向天再借五百年》。"胖子说罢,深鞠一躬后便开始用一种哭号的方式歌唱起来。他闭着眼不断向后甩动着头发,那带着哭腔的声线伴随着歌曲的高潮部分肆意挑逗着人们的笑点,面对这蒙太奇般的哭笑转换,宾客们有些不知所措,所幸有个机智的家伙开始带头夹菜,大伙这才意识到原来吃饭才是丧宴的真正主题!

坐在小艾正对面的脸色惨白的男孩时不时地将目光聚焦在她的墨镜上,他夹起一块盐水鸭时注视了她片刻,他斟满酒盅时再次注视了她片刻,他放下筷子时又一次注视了她片刻。男孩用类似胶片电影的方式一格一格衔接着他眼中的女孩，那执着的凝望几乎要击穿女孩脸上的黑色镜片。

小艾当然认得这个傻头傻脑的小伙子，这是她儿时的邻居小恭。在义务教育阶段，两人曾因为学区划分的关系就读于相同的小学及初中。小恭过去常常光顾她家的水果店，他总是从油腻腻的化纤校裤口袋里摸出零零散散的钢镚，然后买那种插着一次性木筷用盐水浸过的菠萝角吃。男孩通常都会赖在店里细细品尝菠萝角，他已经练到可以将水果纤维一根根抽离的地步，这无非是为了要多看小艾几眼。外表木讷的小恭实际上是个心思细密的早熟小子，当年他除了频繁混迹在水果店以外，还老是以节日为由写一些内容懵懵懂懂的卡片送给小艾。不过这类带着少年稚气的告白对那时的小艾而言却是司空见惯的事情！在学生时代，小艾隔三差五地就会收到由不同流行歌段落组合而成的情书，每天放学后她必然会遭遇守候在校门口只为护送其回家的亲卫队员，有些激进的男孩子甚至会像求偶的公狗一样为她大打出手，只是在小艾眼中这些举动太过稀松平常，她并不愿意将这些无聊的回忆收纳在自己青春的备忘录中，她是骄傲的"自建屋公主"，理应有一帮为之轻狂的裙下之臣。

小恭自斟自饮，起初他还是很小心地将酒盅的白酒分倒在面前的口杯里一点点抿着喝，后来索性一口饮下整盅，搞不清状况的人们还以为死者与他有着多么亲近的血缘关系。男孩借着酒胆不断向小艾附近调换着座位，最后他坐在了那位女老师身旁，他与小艾之间只隔着一人，可小艾那副黑漆漆墨镜却像是一道无法逾越的深渊。

"节哀顺变！"小恭实在想不到更好的开场白。他举起酒盅自饮了一杯。

"抱歉！我实在不会喝酒。"小艾冷冰冰地回应道。

再也没有多余的交谈。与小艾戛然而止的对白让男孩陷入了一种呈几何增长的尴尬之中。小恭憋红着脸只觉得自己丑态百出，那感觉就像一个进错摄影棚的滑稽戏演员。近在咫尺的女孩曾无数次出现在他或美妙或可耻的梦境中，他以为那种少年时代的暗恋会带给他洪水猛兽般的勇气，凭着这股勇气即便是在不合时宜的葬礼上，他也有机会取得与女孩再度联络的切入点。然而，小艾却以一种类似看到了蟑螂的气场彻底击溃了男孩的热忱，她根本不给他多余一句话的契机……

散场在不知不觉中进行着，准备离开的宾客临走前总要跟小艾说几句安慰的话语。这些充满人情味的客套让小艾感到前所未有的疲惫，她下意识地将头倾靠在椅背上，无法控制的热泪从墨镜下缓缓流出。小恭见状递了一张纸巾过去。先前夹在二人中间的女老师不知何时也不见了踪影，而她坐过的那把椅子此刻则成为更加明确的障碍物！

母亲的遗像就挂在舞台正中，照片里的眼睛似乎还保留着夏末的余热。饭厅里负责打扫清理的服务人员有意拖着鞋跟走路,小艾这辈子听到的最具驱逐效果的响声莫过于此!

男孩递出纸巾的手在半空中悬停了一阵,女孩终于摘下墨镜接过了纸巾。

"谢谢。再见!"

自建屋公主　（下）

夏天就这样悄无声息地过去了。小艾母亲的事故也有了裁定，这场由于司机疲劳驾驶导致的意外最终以民事赔偿作为了断。死者家属得到了近一百万的赔款。在金钱和时间的双重调和下即便是如此惨烈的生死纠纷也能得到相安无事的缓解，银行账户里上升的数字也许是世界上最有效的镇痛剂，小艾和父亲都没有料到他们几近崩溃的情绪竟然能如此迅速地得以修复。

母亲的意外身亡反倒给女儿注入了一种难以名状的能量，小艾将这场横祸看作自己成名前必经的劫难，她必须因此强大起来。或许将来的某天她会请人量身定制一部讲述母女情深的电影，在影片结束时附上"献给我的母亲"之类的感人字幕……

开学报到的日子已近，老艾给女儿订了一张头等舱的机票，又将妻子的事故赔款全部存在她的户头上。小艾几乎没有行李打包，相较于其他去外地念书的学子她的小型拉杆箱看实有些单薄，箱子里除了几件当季的换洗衣服和一些佩饰之外就只剩下用途各异的护肤品，对她而言或许没有比脸面更为重要的东西了。

启程当天，老艾嘱咐女儿千万不要亏待自己，让她不要有任何经济上的顾虑。老艾的口气像个亿万富豪,这几年老爷子的确在民间借贷中尝到了不少甜头,他现在将自己归纳在金融人士的队列之中,而他所谓的金融生意,不过是每逢月尾查查看哪一笔放贷到了应该结算利息的时间罢了……

小艾并不清楚国内小型飞机的舱务设定有多么的滑稽可笑!她坐在人生的第一个头等舱中,享受着两腿伸展开来的优越。邻座西装革履的男子在飞机开始滑行时,还没完没了地打着电话,他唾沫四溅,时而中文时而英文地指点着江山,开口闭口间全是些上下好几千万的生意!在由走道隔开的另外一排座位上端坐着一位打扮入时的姑娘,橘色太阳眼镜几乎占据了她三分之二的脸庞,她的鼻子又高又尖,白皙的皮肤上找不到一点点斑纹,亮晶晶的唇油和厚嘟嘟的嘴唇搭配得相得益彰。即便看不到眼睛也很容易判断这是位面容出众的女子,小艾只觉得那模样像极了当红韩剧中的某个女星。姑娘似乎察觉到什么,她转头瞧见小艾正上下打量自己时露出一种不怎么友善的微笑。对视持续了片刻,小艾便扭过头去结束了这场有些尴尬的照面,她也掏出包里的墨镜戴在眼前,机舱内的颜色顿时暗淡了下来,这缺少了亮光的世界却显得无比安全!

抵达北京之后的第二天就是新生入学典礼,随后便是宿舍分配,课时安排,学生须知等一系列按部就班的流程。同宿的四个女孩全部都委托过那间百分之百成功的艺考机构,如出一辙的培训和社交经历让大家很快找到了共同话题。而对于花钱录取这个秘密,四个人则都保持心照不宣的默契……

在这个美女如云的环境中，小艾再也找寻不到往日备受瞩目的体会。第一个学期过后，同宿的两位女孩便结伴在外租住了高级公寓，还成立了专门的演艺工作室。小艾与下铺的小希则完全落后于她们的步伐，这两人起初还打算一起报读本科继续深造，却未想到那些兼具着实力和长相的本科生早已开始签约试镜，甚至接拍了某知名导演的新戏。相比于精湛的演技，她们更需要一个息息相关的圈子，需要一些到位的人脉关系来提供可以露脸的机会，就算只是出演一部傻X数字电影里的小配角！

更让小艾感到吃惊的是，周遭的女生每隔一段时间就会变得更加漂亮一些，她们的脸越来越小，皮肤越来越好，体重下降的同时胸围居然疯狂激增。那些纤细的腰身根本无法支撑那么磅礴的罩杯。那几近畸形的身材比例过去只可能出现在猥琐的成人漫画里，可时至今日却发生在了真人的身上……

第二学年伊始，睡在下铺的小希休学前往韩国进行了颌角单侧切除以及颌角磨平的手术，她之前稍稍偏大的脸盘一下子变成了完美的倒立水滴状。再见面时，小艾险些没将她认出。矫正过的脸庞给小希带来了好运，她很快被一家刚刚成立的小型演艺公司相中，择日签约。

小艾再也没有心思去琢磨如何晋升本科，那些所谓的专业表演课程在没有机会试镜的前提下无异于浪费时间,她需要提升的是美貌,是身段,是捕获眼球的能力。在决意整形之前,小艾听从了小希的意见专程去拜访了一位京城中专门替人相面的大师,据小希说她的时来运转正是受到这位高人指点。

大师姓毛,住在京城郊外。

拜访当日,因为路程太远,加上地铁和公交过于复杂的换乘,两个姑娘索性包了辆黑车。车子一路向东,兜兜转转,最终停在了一座独门独院的仿古豪宅前,按了半天门铃,终于有个管家模样的人出来迎客。开阔的前院内分布着好几座假山,每座假山周围都配备着大小不一的池塘,池塘里零零星星地点缀着几朵荷花,营养过剩的锦鲤懒洋洋地游弋在荷叶与粼粼波光之中。几条健硕的猎狗横卧在院中的草坪上,它们相当机警地注视着前来拜访的姑娘。

二人被带到会客厅中等候。厅内摆放讲究的木质家具一看就知道是价格不菲的高级货色。而最让小艾吃惊的要数面前挂满照片的正墙,照片中只有大师的角色固定不变,与之合影的统统是些大名鼎鼎的人物。

"这大师肯定不同凡响。"小艾感叹道。

"开玩笑!我头一回来拜访的时候足足等了一个上午!人家大师每

天接待多少大腕,要不是我老爹的一个战友和他是故交,人家哪有工夫搭理咱们这两个小丫头片子。"小希翻了翻眼睛,"之前给你说过要准备的红包,你没忘吧!"

"两万大洋!买个BV的手包多好!"小艾瘪着嘴说。

"你懂个屁。你瞅瞅这照片上都是什么级别的人物!人家大师道破点天机,指不准你就飞黄腾达了,还差个破包……"

姗姗来迟的毛大师真人并没有想象中的飘逸气场,他冒着油光的面孔加上尖声细气的嗓音,反倒是一副典型的令人作呕的中年娘娘腔模样。得知了二人的来意,大师将相面的主角小艾叫到跟前,仔细打量一阵后,又询问了她具体的生辰八字,接着就是俗套的掐指捏算。

"小妹妹啊!你的面相天生大富贵,五官处处都是聚财的宝盆。但你的八字却和你的面相不符,我算来算去你的八字是堕入风尘的劳碌命,说实话,这怪事我也是头一回遇见!"毛大师眉头微皱,振振有词地说道。

"好的保留!坏的有方法破解吗?"小艾快人快语。

"生辰八字,音容笑貌都是天注定的事情!我只是个算命的,哪有什么改命的本事。不过我奉劝你还是别在脸上动刀,也不要继续从事现在的行当。从面相上看，你就算赋闲在家中也能穿金戴银！你又何必奔波，自寻烦恼呢？"大师再次打量了小艾一番，"能说的不能说的就这些！我待会儿还要接待贵客，就不多陪你们了！"

小希轻轻碰了碰小艾，意思是赶紧递上红包。小艾显然对这模棱两可的解答很不满意，她刚要张口再询问些什么，只见毛大师单手一挥。"没什么好说的了！随缘的钱也不必给了，你的命我看不准，看不准的卦我分文不取……"大师说罢便头也不回地走出门去。

云里雾里的相面之旅结束后，小艾稍稍推迟了整形的日程。相较于大师玄而又玄的忠告，眼下当务之急是关于将来的出路问题！两年的专科学习一晃而过，如今毕业在即；昔日以姐妹相称的同窗们几乎都找到了签约的门路，尽管大部分人所签的都是些名不见经传的小公司，但终究还是从事和艺人相关的工作！至于当初报读表演本科的计划早已宣布破产；过去关于明星的种种憧憬一时间变得那么遥不可及……

车到山前必有路这句老话往往使得怀揣着执念的人走向更危险的绝境。在小希力荐之下，小艾勉强签入了同一所演艺公司。

"像你这样的边缘艺人，公司基本上不会有什么投入。不要说是才艺特长，就外形而言你也缺乏必要的立体感！如果条件允许，你最好能自己改善一下。"这是负责管理小艾的经纪人在签约当天的原话。

一个月之后，小艾进行了隆胸手术，术后没有什么不良反应。成熟的硅胶填充技术为小艾博得了艺人生涯里的第一个通告；凭借着傲人的上围，她成功入选了一档以相亲为主题的网络综艺节目。编导为她量身定制了一个"胸大无脑"的角色，节目一共录制三期；小艾只需要穿着各种暴露乳沟的低胸装对着摄像机晃来晃去，然后说一些智力水平不超过五岁的对白即可！为了营造更好的效果，后期将小艾的声音做了处理，就这样一个操着尖细娃娃音的弱智大胸妹便诞生了！

这档节目在网络上小红了一阵，毕竟那波涛汹涌的改造给予了爱好者们充分的幻想空间；网友们讨论的话题统统围绕着小艾胸前淤积的几两烂肉，从真假的辨别到尺寸的估量，人们似乎对这一类问题乐此不疲。小艾终于脱离了公司最底层无保障艺人的行列，这档节目让她晋升成为有基本生活补贴的三线艺人。公司趁热打铁，帮她和小希签到一个垃圾网页游戏的形象代言，两人组成了游戏里的双子星：一个靠假胸，一个靠假脸。

在这个网络传媒爆炸的年代，以低俗博取到的关注度很快便会消失不见。人们会想尽一切办法来取悦这个世界的异常，不要脸只是最初级的阶段，真正的炒作高手会以各种让人意想不到的花样来贩卖下限。小艾的硅胶奶很快就被替代；一个罩杯更为夸张，号称天然巨乳的女孩居然在视频网站上直播胸部文身过程，女孩在胸前刺下："I only fly first class"……

京城中遍地开花的整容医院几乎快要超过了麦当劳的数量,每一家医院都号称采用了韩国最新的技术,号称引进了日本最尖端的医疗设备,号称聘请了整容界最资深的主治大夫。"这是一个全民变美的时代","新的脸孔,新的生命",诸如此类的广告宣传让小艾下定了"变脸"的决心。她选择了一家价格不菲的连锁整容机构,在与主刀医师多次商榷后终于制定出了最佳方案。

首先是鼻子的重塑,小艾过于肥大的鼻头必须通过削骨来完成紧缩,不够挺拔的山根(鼻梁)则需要取自双耳的软骨作为填充物,这样一来既能改变她有些招风的大耳轮又能保障鼻子的立体,更重要的是源于本体的软骨组织不会带来排异或过敏等不良反应。然后是相对简单的眼眸改造,通过开眼角手术来延长眼裂的水平长度,以此达到放大眼睛的效果。小艾将永远告别弯弯的杏眼,取而代之的是接近卡通人物的夸张双瞳。最后是局部注射丰唇,起初是选定了玻尿酸作为填充,后来因为小艾又追加了面部和眼袋的抽脂手术,所以最终的填充物改为了更加安全的自体脂肪。

手术顺利完成。麻药失效后,姗姗来迟的痛感开始肆虐小艾的面部的每一根神经,那就好像是被数以千计的黄蜂不停蜇咬。加压包扎的头套让女孩根本透不过气来,她的脸如同被密封在一个尺寸完全吻合且没有一点缝隙的匣子中。在术后留院观察的时间里,每日三顿的流食以及麻醉剂引发的副作用让小艾频繁呕吐,可即便遭受如此的折磨,她仍旧无比期待着自己破茧而出的全新模样!

一周过后,终于熬到了摘除头套的日子。脸部还未消退的肿胀吓了小艾一跳,她误以为是整容失败。在医生的解释下,她才明白自己还需要再等待差不多一个月的时间来彻底褪肿!在此期间,她要禁忌一切海产以及辛辣的食物,同时还要杜绝任何面部的美容以及按摩。

面对小艾大手笔的动作,好友小希也不甘示弱地垫了新的下巴。两个人在为美丽苦修的道路上前赴后继,不断求索。这对儿有着相同命运轨迹的整形姐妹干脆同吃同住在了一起,两个人还以名字的谐音成立了"爱惜"工作室,如此一来在事业上也能有个照应。

在等待消肿的日子里,足不出户的小艾成天抱着平板电脑靠着网络上的综艺节目和娱乐新闻打发时间。她搜集着各种当红艺人的八卦花边,她妄想找到一条可以复制的成名捷径。这一天,偶然从财经板块里跳出的一则新闻让小艾久久不能平静。新闻的内容相当励志,是关于一个在大学期间毅然辍学的小伙子将当地自建屋改造成快捷主题酒店,并获得大量融资的成功故事!新闻里还附上了故事主人公的照片,小艾一眼便认出照片里的人正是那个木讷至极的小恭。

为了确认这条信息的真实性,小艾还特意在搜索引擎里输入了男孩的名字,一条条关于他改造自建房的成功案例赫然在列。小恭所做的其实是将城中难以征购,位置又比较不错的自建屋租赁下来,然后将其重置成风格截然不同的小旅馆。每一间旅馆都有特定的元素融入其中,关于武侠小说,关于科幻电影,关于经典动漫,关于一代人热泪盈眶的记忆……

在小艾眼中此刻的小恭更像一位替城市整容的医生,与此同时她又想起毛大师的那番忠告,难免有种冷水浇背的错觉。小艾在想,如果毕业之后因为走投无路而返回家中,是否会与小恭修得一份姻缘。莫非这就是大师口中的富贵闲人?可谁又能料想到这个当年她都不愿正眼瞧一瞧的毛头小子,能在短短几年里成为财富新贵。小艾不禁唏嘘着命运的多变,她默默走到卫生间里的落地镜前,与那张轮廓日渐清晰的假脸开始当面对峙,镜中的容颜似乎没有她想象的那般光彩熠熠,那种计划之内预料之中的美丽竟显得如此廉价!两行温热的泪水不由自主地从小艾眼眶溢出,这是自打母亲葬礼之后她的首次落泪,她的心就像被无数隐形的带着嘲讽属性的箭矢穿过,她恨不得一头撞碎面前的镜像,可她站在原地根本动弹不得,她感到从脚底衍生的抽搐正迅速占领全身,她几乎就要晕厥过去!

北京城中那为人诟病的雾霾和令人发指的交通像一种会传染的丧尸病毒,疲于奔命的蚁族们为了一套勉强容身的住处,为了一顿填饱肚子的食物,为了一种混迹于大都市中的存在感,欣然接受了这种病毒的传染,所有人都变得日渐冷血,变得愈发漠然。成功整形之后的小艾和小希本以为能获得公司更多的通告机会,却没想到连来年的续约事宜都成为了难题。

几经辗转,二人终于签入了一家以无底线炒作而著称的网络娱乐公司。新的经纪人为她们打造了一个"最美恋人"的噱头，小艾则被迫剪成了短发扮演起男性的角色。两人每天都要在线上的直播平台里搔首弄姿摆出一些极其暧昧的动作，她们耳鬓厮磨，相互亲吻。她们身着若隐若现的写满不雅英文的T恤，然后肆意抚摸对方丰满的硅胶假胸。她们向网友们讨要着各种各样虚拟礼物，却视而不见那些滚动在评论栏里不堪入目的带着意淫和挑逗的词汇……

如果政策允许，公司甚至愿意让两人展开虚拟世界的脱衣舞表演。随着点击率和订阅量的攀升，小艾和小希眼看又要再一次蹿红于网络，可国家对互联网低俗内容的大规模整治彻底浇灭了她们成名的势头，网络平台被封，公司则依法受到各种处罚。

没过多久，两个捉襟见肘的女孩便退租了工作室。可她们仍旧毫不吝惜在整容上的各项花费，无论是美白还是瘦脸的针剂统统按时按点地注射，那股执着一点不亚于痴迷于毒品的瘾君子。母亲留给小艾近百万的赔偿金不知不觉就只剩下可怜的零头，眼看又到了山穷水尽的地步，小希却又找到了柳暗花明的谋生出路。经由过去的经纪人的介绍，两人开始承接一些高档夜总会的商务宴请，更直白通俗地讲就是充当陪酒的舞女。

鉴于两人表演学院的背景，又曾在网络上小有名气，这一类的陪酒活动变得应接不暇。为了更高的报酬，两人索性以孪生姐妹的方式出现于各大声色场所。事实上两人的五官在历经多番修改之后，已朝着几乎一致的方向变化着。充满着好奇心,手上有些小钱的老板们不惜花费高于坐台小妹好几倍的价格,来找寻这种双胞胎小明星的体验。

起初,小艾和小希都拒绝超出范围的特殊服务。而那些一掷千金的真土豪,用一叠叠钞票彻底瓦解了她们所把持的底线。"我们本来是要当戏子的,何必在于这些逢场作戏的事情呢?"率先动摇的小希自我安慰道。

小艾很快便欣然接受了好友的理论。"反正出卖的不是真实的肉体,我们就连同这些假象堕落到底吧!"这句感慨则作为小艾妥协后的完美补充。

两姐妹算是正式步入了高级性工作者的行列,很快两人账户上的金额出现了触底反弹的迹象,如此说来关于整容的投资回报比的确可观。她们新租了价格不菲的复式公寓,在衣服、鞋子、皮包的购置上也是相当大手笔,皮肉生意的快钱则快速循环到奢侈的消费链里。

两个人每天都通过各种网络社交平台晒出一系列养尊处优的照片,而夜里却在酒店的豪华套间里满足那些丑陋嘴脸的淫欲。在海边的游船上,在澳门的赌厅里,在各种各样纸醉金迷的场合中,她们恬不知耻地演绎着双生姐妹。

转眼两年的光阴又飞逝而过,沉溺于酒精和夜生活的两人已沦入卸妆之后不堪入目的境地,过度依赖整形的副作用开始凸显,脸部日益的僵化像是窃取美丽之后的诅咒。而夜场也如演艺圈一般是个新人辈出的地方,仰仗着日新月异的整容术而更加完美的年轻女郎渐渐吞噬着这对"姐妹花"的业务。

正当许久都未能开张的姐妹俩一筹莫展时,却又意外接到一个大单。不过,这一次服务的对象竟是个女客!据说女金主曾在网络直播间里就关注过这对姐妹,这次是慕名而来,开出的价格也是相当优厚。

在希尔顿酒店观光电梯里,小艾有些紧张。

"该不会是什么变态的家伙吧!"她眉头紧锁有些不安地问道。

"再不堪的男人我们都见过,还会怕一个女人。"小希的说辞总是充满振奋人心的勇气,"说不定就是想聊聊天的人,这次的价格真心不错,我刚看中新的外套正愁钱不够呢!"她一边说一边神情自若地补着妆。

电梯上升的加速度实在太快,小艾的耳鼓受压迫后,出现了一种轻微失聪的错觉。她不断做着咀嚼运动,直到电梯停止后才有所好转。

敲开客房的大门,映入眼帘的是一面宽敞的落地窗,窗外囊括着京城灯火通明的夜景。远处的环路犹如是一条延长到世界尽头的绚丽的火舌。在落地窗前摆放着一个豪华的方形浴缸,不断涌出的按摩气泡让整缸水有种烧开般沸腾的效果。一个穿着白色浴衣的窈窕女子依靠在长条沙发上,指尖夹着一支细烟,她完全无视房间里禁止吸烟的标示,任由燃尽的烟灰掉落在棕色的地毯上。

"请坐!别那么拘束。"女人开口说道,可能是因为吸烟的缘故她的声音显得又粗又哑。

小艾定睛看了看女人,脑海中则不断拼凑起关于她人生中第一个头等舱的画面,这不正是那个笑容诡异,带着橙色太阳眼镜的惊艳女子吗!

"你们先泡个澡放松一下。"女人转了转脖子,"然后我们就进入主题。"说罢,她又拿起客房电话点了一瓶起泡酒。

小希冲着小艾挑了挑眉,示意赶快洗澡。很快一丝不挂的两姐妹便浸泡在浴缸之中。放眼望去,窗外那条绚烂的火舌充满着生机。

"真美!"小艾小声感慨道。

"不如你们俩美。"女人端着一瓶不知何时送来的香槟,然后小心翼翼地将酒轻轻倒入薄薄的水晶杯中。她将酒杯依次递给小希和小艾，自己则直接端起酒瓶豪饮了一口。紧接着，女人脱去了天鹅羽毛一般的浴衣，缓缓坐入了浴缸中央。

满满的池水在多承载一人的重量之后稍稍溢出了一些，女人开始主动抚摸小艾和小希的身体，她娴熟的手法和灵巧的指力好像有着催眠的功效。在酒精的作用下小艾的呼吸变得越来越快，而整个人却彻彻底底地松弛下来，她仿佛又回到了久违的母体之中。

"天啊！这是什么！"小希的尖叫声像是猝不及防的剖腹产手术，一瞬间便摧毁了小艾关于子宫的幻觉。她转头望向水中，眼前竟然浮起一条男人的根器。

姐妹俩连滚带爬地翻出浴缸，惊慌失措地穿起之前丢在床上的衣服。

"没见过世面的村妞。"浴缸中不知是男是女的家伙阴阳怪气地叫唤着，"到底还他妈地想不想挣钱了……"他（她）边喊边哧哧地笑了起来。

小艾和小希面面相觑，然后如逃荒一般冲出了门去。观光电梯下降时仿佛要坠入十八层地狱。两个姑娘拥抱在一起竟频率一致地大哭起来。

出了酒店，坐在弥漫着各种体味的出租车上，姐妹俩一边抽泣，一边吞咽着口水。夜里的北京,马路显得格外宽阔,车子路过每一个十字路口时都能看到各大整容医院的广告灯箱,灯箱上映照出的每一张精致的脸孔几乎都让人用信号笔涂抹过,那些原本格格不入的黑色涂鸦此刻居然变得特别和谐,那些扭曲的形状像是从脸上自然生长出的一部分……

这段恐怖的记忆彻底摧毁了小希京城谋生的信念,她决意回到老家照顾家中还算红火的超市生意。同样万念俱灰的小艾却又收到一个雪上加霜不幸的消息,父亲所参与的民间借贷项目面临着下线耍赖,上线跑路崩盘的严重危机。她根本搞不清楚这些由房产泡沫引发的资金断裂到底是怎么一回事,只是从父亲口中得知家里千万的放贷很可能打了水漂。

没过几天,小艾又接到了姑姑的电话,父亲老艾因突发脑溢血倒地昏迷,现在正在医院 ICU 监护室里二十四小时检测观察。小艾即日动身,她已经没有任何留在北京的理由。随行的好几只行李箱里装满了各种各样的名牌,而银行卡几乎没有什么积蓄,她恨不得将那些百无一用的玩意儿统统换作现金,而那些曾支撑着她各种虚荣的物件如今却变得一文不值。

在经济舱中,小艾缩卷着双腿。她无意中翻看免费的航空杂志,一片关于"自建屋国王"大婚的报道引起了她的注意,这个"自建屋国王"正是以改造快捷酒店起家的小恭,在房产每况愈下的今天,他开始回收各种无法出售的烂尾楼改建成青年公寓，他将物尽其用，各取所需的全新理念贯彻在他的房产液态中。他建议创业中的年轻人不要陷入房奴的处境，尽量以租赁为主。他说，负债少的人才能拥有更多的梦想。

文章中还介绍了他声势浩大的婚礼，小恭也直言不讳坦然告诉记者自己迎娶的女孩有整容的历史。

"我要找一个真正爱我的人度过余生，我就是这么实际的一个家伙。我的老婆忍受着手术之苦变成了我过去迷恋女孩的模样。我觉得这没什么，我爱她的灵魂，更希望爱她为我改良的模样！"

这段话是文章的结尾。

在结尾处还附着一张小恭和爱妻的合照。

照片里新娘的样貌和过去的"自建屋公主"一模一样。

飞机引擎的轰鸣声中似乎夹杂着毛大师道破的天机："你的每一处五官都是聚宝盆……"

EVE

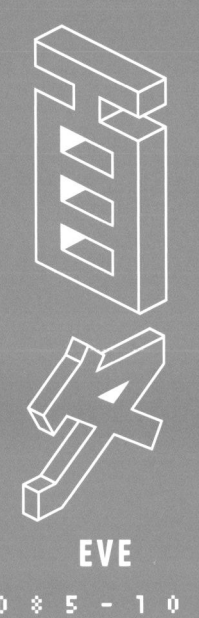

085 - 106

THE ALPHA CITY

GUOGE ZHANGLIAN

夏娃

她叫夏娃,如果以这个时代的审美标准来评判,她绝对属于让男人一见倾心的类型。巴掌大小的标志脸蛋,饱满丰盈的双唇、含羞带臊的杏仁眼、小巧挺拔的鼻子、吹弹可破的皮肤、修长笔直的双腿、凹凸有致的上身……

此时此刻,夏娃就端坐在电脑桌对面,用一种充满爱意与崇拜的目光注视着 L。普通男人定然受不了这种眼神,可 L 却像被膨胀螺丝固定在座椅上一样。他正神情专注地盯着电脑显示器,左手迅速灵巧地敲击着键盘,右手控制着一个不断变换颜色的电光鼠标,嘴里还时不时地抱怨着类似"有没有意识!""太他妈坑爹!"这一类只有在线上游戏里才出现的经典对白。

L 两年前毕业于一所二流的工科大学,主修电气化工程专业的他,现在却是一名职业的电脑游戏代练。L 每天有差不多十几个小时都在虚拟世界中度过,他扮演着持枪的英雄、可怖的兽人、凶恶的鬼怪、传说的神子……总而言之,他的工作就是替人提升游戏账号等级,以此收取佣金。在大部分人眼中游戏代练是个收入不高并且没有稳定保障的行当,可对 L 而言这却是他最擅长和喜爱的事情,他认为能以个人爱好谋生是种难得的幸运。

二十六岁正值男人最旺盛的阶段,但看看 L,因为长时间久坐在电脑前,他的发际线明显高于同龄人的水平。稀疏油腻的头发紧紧贴在脑门上,高高隆起的颧骨支撑蜡黄色的双颊,再加上长期熬夜的黑眼圈,俨然一副失控瘾君子的模样。

L 与面前的电脑桌处于一种绝对的"寄生"关系,桌面上除了搁置键盘和鼠标移动的区域以外,堆满了已经发馊的外卖餐盒和难以计数的碳酸饮料瓶。某几个塑料瓶中还塞满了廉价香烟的烟蒂——乍一看去那就像是一种受辐射变异的多肉植物!在这狭小的廉租公寓里除了这垃圾丛生的电脑桌外,还剩下一张堆满衣物的矮床、一台二手电冰箱和一处用隔板围成的勉强可以淋浴的卫生间。

然而,夏娃看起来并不介意这逼仄的环境,也没有对房间里令人反胃的气味表现出厌恶。相反地,这里接近极限的冗杂让夏娃看上去更加娇艳欲滴,她就像一头迷失在沼泽里却活力充沛的小鹿。

L 偶尔会在等待游戏开局的间隙,瞟两眼对面的夏娃。那凌驾于人之上的轻蔑眼神,仿佛是在看待被自己俘虏的猎物。夏娃却欣然接受这种扫视,她就保持着固定的姿势,悄无声息地安坐着,聆听着 L 和虚拟空间的对话。在游戏世界中,L 总能有与他孱弱外表完全不符的出彩表现,他常常会受到友方玩伴的称赞,称赞他接近职业选手的操作水平和意识。他一次次带领团队歼灭了敌人,游戏账号的经验和排名都在不断提升。

"今天的任务终于完成了。"L说着,摘下耳机,身子朝后一仰,倾倒的椅子恰到好处地搭在了后面的墙壁上,椅背的一角将一小块墙皮砸落下来。L重新点燃之前掐灭的半截香烟,悠然自得地吞云吐雾开来。

"等这个账号升到黄金等级,就能结到3000块钱的代练费。这个找我代练的家伙,是个有钱的小子。可他的技术实在是太粗糙,过几天级别准会又掉回来。这样反反复复的白痴要是能再多几个就好了。等钱一到,我就去给你买件新衣服。"L斜着眼睛打量着夏娃说。

夏娃穿着一件低胸的水手服,衣服的剪裁有些过于节省布料,只能刚好包裹住她高耸的胸部,而她平坦的小腹和漂亮的肚脐则一览无余地裸露在外。这显然是一件有意而为的情趣套装,夏娃就像是从日本漫画里走出的曼妙人物,她的美艳有违现实世界的真切,给人一种因虚幻而引起的窒息感。夏娃始终一言不发,安安静静地望着L,她似乎默许了L的承诺,并满怀期待地思索着新衣服的款式。

L将手中的香烟抽到只剩下过滤嘴的地步,尼古丁大概有缓解刚才游戏激烈节奏的功效。显示器的屏闪占据了L不断扩张的瞳孔,那冰冷的荧光反倒是给L的双眸注入了些许希望!电脑的散热风扇嗡嗡作响,仔细听原来房间里还夹杂着冰箱压缩机制冷的声音,这两种响声的结合倒有几分"琴瑟和鸣"的默契。

L 呼出最后一口烟,关闭了电脑,他起身走到夏娃面前,略带玩味地拨动起她一侧的头发。也许是 L 经常使用键盘的缘故,他的手指显得灵巧极了,他就如同在摆弄一柄有万千琴弦的精密乐器,缕缕发丝恰到好处地游离在他指缝之间。

在这"精密乐器"的深处藏匿着夏娃如珍珠般的耳垂,L 轻轻一触,便听见夏娃发出一声娇嗔。夏娃的声音里明显带有演绎的成分,但 L 却是一副陶醉于此的表情。他又饶有兴致地开始爱抚那敏感的耳珠,夏娃则很配合地持续发出那有些浮夸的呻吟,令人奇怪的是她的气息和腔调总能保持完全一致……

螺旋状的节能灯泡孤零零地悬挂在半空中,细长的灯绳让本就不高的天花板看上去更加压抑。昏暗冰冷的白色灯光被屋内的墙壁相互反弹着,原来这间廉租房里连扇透光的窗户都没有。L 先前吞吐出的烟雾与灯光搅拌在了一起,进而形成一种类似霜冻的混合结晶,这些晶体缓缓地倾泻在水泥地板上,整个世界就如一个正在被填充装载的小盒子,而那"令人发指"的容积率正接近爆破的边缘。

L 渐渐开始觉得呼吸有些困难,额头上密集的粉刺也集体膨胀开来。他将撩动耳珠的手缓缓伸到夏娃另一侧的肩膀上,然后顺势将她揽入怀中。这单薄的手臂像被施了法术,居然轻轻一拖便抱起了美人。

L 疾步来到堆满衣物的矮床前，他将臂弯中的夏娃粗暴地压倒在几件弥漫着汗味的 T 恤衫上，接着他用嘴叼开了夏娃的水手裙。L 的鼻翼掠过夏娃最为羞涩的地带，他的表情就像挨饿多天的流浪狗看见丰盛的食物一般。夏娃身下只有一条巴掌大小的底裤，底裤粗制滥造的蕾丝边如细针般扎在 L 脸上。

终于，L 进入了夏娃。只要轻轻一动，床垫里的弹簧便会发出跌宕起伏的"吱吱"声，房间里就像多了一只正在求偶的隐形蟋蟀。可无论 L 怎么努力，夏娃都是以之前的发声方式作为回馈，她对情欲的感知度似乎一直维持在某个恒定水平。L 的额头渐渐开始有汗水渗出，那咸湿的液体慢慢汇集，然后开始逐一滴落在夏娃的水手服上，滴落在她的发梢上、滴落在她的脸颊上、滴落在她的眼角旁、滴落在她漆黑的双瞳里，进而变成她流出的泪水……

突然间 L 嘶吼起来，就像一只刚刚脱逃牢笼的困兽，他开始用尽全力挤压着夏娃，他多么希望自己的身体能瞬间到达珠宝镶嵌时的高温，如此一来他就能与夏娃永远地结合在一起。弹簧的反弹力协助 L 进入了无人之境，前所未有的快感犹如一只充满磁力的手，L 被这只"手"紧紧攥住，终于他进入了最高阶段。它们就像洪涝掩埋精美绝伦的城市一样，淋漓尽致地挥洒在夏娃的体内。

"我爱你。"L 瘫痪在夏娃身上，颤颤巍巍地说道。

夏娃仰着头,像只四脚朝天的青蛙,她还在继续发出那一成不变的叫声。几分钟后,L才缓缓撑起身子。他抽了一根必不可少的事后烟,可能是吸入的速度太快,L出现了尼古丁中毒的反应,他只觉得后脑勺受到了钝器的重击,整个人昏昏沉沉地又一头栽倒回床上。闭上眼,L却看见一片淤积的暗红色在不停旋转。他将夏娃的一只手臂拉到自己胸前,才得以睡去。这一晚,L做了一个不错的梦。他梦见自己与夏娃变成了武侠小说里遁世双修的伴侣,经过闭关修炼学会了盖世无双的奇功,他们即将启程去拯救世界……

在这所没有窗户的屋子里,任何人都会丧失时间的概念。L的手机必须设定成24小时制,如果是12小时制的显示模式,他会因为长时间的网络鏖战,而搞不清室外到底是白天还是夜晚。当然,他也没有知晓黑白的必要,因为除了迫不得已的清理生活垃圾和缴纳房租以外,他从不外出。一切维系生活的必需品统统网购,感到饥肠辘辘就打电话订些便宜快餐,烟抽光了就呼叫周围免费送货的便利商店,这两年来他接触最多的人无非是包租的秃头男房东,以及周遭几个固定送货的小哥,还有一个他个人不愿提及的快递员:顺利快递公司的阿宇。

阿宇负责这个街区的大部分包裹,他终日骑着电瓶车将来自全国各地的货物配送到每家每户。由于常年的风吹日晒,阿宇拥有一张棱角分明的黝黑脸庞。阿宇习惯微笑服务,每次签收快递时总会很真挚地露出整齐洁白的牙齿。但自从L签收过一个大件包裹后,他便对这张健康的笑脸产生了明确的敌意。因为在此之后,阿宇来送快递时都会在门口刻意张望。L认为阿宇是在打探夏娃,甚至怀疑阿宇和夏娃是旧相识。最后,由于阿宇调侃L有个足不出户的女朋友,导致L彻底更换了快递公司……

睡梦中,这对练成绝世武功的神仙美眷冲过万般阻挠,终于要对战黑暗世界里的终极人物了,L与夏娃穿着熠熠生辉的宝衣,手持着盖世无双的兵刃,来到一个空旷的广场。不远处,一个矮胖身材向四周冒着黑气的女人正背对着他们。L大喝一声,正准备冲上前去,没料到胖女人突然转过身来。L定睛一看,手里的兵器"哐啷"掉在了地上,这个女人正是L住在郊县的母亲。

"这是什么情况,老妈?"L不解地问道。

胖女人望了一眼夏娃,大喝一声:"受死吧,妖精。"只见她从背后拿出一台光芒四射的金色录音机。瞬间广场上出现无数个身形相似的老太太,一首《最炫民族风》突然响起,成千上万的大妈整齐统一地摇摆起来,L转眼再看身边的夏娃,她竟然变成了个无面的女子!

L惊呼着,坐起身来。瞧见夏娃安然无恙地躺在身边,才长舒出一口冷气。

仔细听,房间外的的确确传来了那首令人崩溃的广场舞神曲。L缓过神来，原来是现实与梦境交错，定是那帮早晨跳舞老娘儿们又在周边的空地上集结了！L 咒骂了一通，抱怨自己的好梦被这些精力充沛的老妇破坏。然后，他吻了吻夏娃的额头，本打算继续睡个回笼觉，却被外面愈演愈烈的歌舞搞得困意全无。

L 极不情愿地从床上起来，潦草地洗了把脸。他将冰箱里快要过期的切片面包一扫而空，又喝下半听不知搁置了几夜，已经温吞没气的可乐。那类似止咳糖浆的甜腻液体搭配着冷硬的面包，像水泥一样硬生生地填充进了 L 的胃里。如此的食物却有着意想不到的果腹效果，L 只觉得自己吃下了一堵墙，其质量恐怕能维持他一周的能量需求！

饭后的活动很简单，继续游戏升级的工作！杀戮，再杀戮，套路重复、方式不变的杀戮。一个小时以后，委托的代练账号达到了指定等级。L 很快便收到代练费的转账信息，除此之外手机还提示有十几个未接来电，以及几条未读短信，联系人统统是 L 的老妈。

不必多问那定是些中国式母亲毫无新意的问候。L 懒得一一查阅，只是回复了一条："工作顺利，一切安好。老妈尽可放心。"

这些年来，L 谎称自己在一家专业还算对口的国营公司上班。为了制造出一副在大城市努力打拼的假象，他还常常给父母发一些网络上下载的办公室照片。住在县城的老人家们也很少过问公司的事情，只觉得儿子在外面自谋生计，实属不易。偶尔电话问候几句，L 也总以工作太忙为由搪塞过关。逢年过节一家团聚，L 总是虚构自己在外拼搏的种种经历。家人自然不会想到 L 是靠玩电脑游戏为生，只觉得这孩子大学毕业能在大城市混迹，兴许还会有出人头地的一天……

短讯回复没多久，L 的手机屏又闪动起来，联系人仍旧是母亲，来电恰逢 L 等待游戏开盘的间隙，他索性直接退出了未开始的一局。有些不耐烦地接起电话。

"老妈啊，我正在单位。" L 故意用一种偷偷摸摸的语气说，"不是给你发短信了吗！"

"我看这不是午休吃饭的时间嘛。" 母亲颇为心疼地说道。

"还在加班，公司有任务。什么急事？你快说。"

"也不是什么急事。国庆假期你回来吗？"

"可能回不去了。公司事情太多！" L 又用一种略带遗憾的语气答道。"那我上你那儿去吧！" 母亲悻悻地说，"反正长途车也方便。顺便给你介绍个对象。"

"您老人家又出什么幺蛾子啊！哪来的什么对象。"

"你小姑她们学校新来的实习老师，和你差不多大。我看人还可以，人家听说你在大城市上班……"

"您这是瞎操什么闲心。都什么年代了，哪还有这样安排的。"L大声喊道，完全忘记了自己设定的办公室环境。

"小点声，吵吵什么！周围同事听到了还以为我怎么你了呢！"母亲数落道，"你自己合计吧，要不我带着姑娘过去，要不你请假回来。总之，这事就这么定了。"

L一时间语塞，不知该作何回答。恍惚间，电话那头已传来阵阵忙音。L望向凌乱的床榻，赖床不起的夏娃似乎还在继续着那场好梦，她细长的双腿被床上乱糟糟的衣物微微垫起，均匀的小腿肚仿佛一对熠熠发光的水晶器皿。

"我有女朋友。"L喃喃自语道，"夏娃才是我实至名归的女朋友。"说罢，L将电话回拨给母亲，却得到"您拨叫的用户暂时无人接听"的答录音，有趣的是这个重复两遍的女声，像极了夏娃的腔调。

电话自动挂断，L一脸不悦地又操作了一盘游戏，结果因为队友连续的低级失误，被敌方反败为胜，他憋着一肚子火本想再来一局，可之前吃下的"墙"却在腹中轰然倒塌，翻搅起来。L咬着牙齿，大概是用力过猛的缘故，上下门牙的牙龈都开始向外渗血，他一口接一口地吞咽下这带着血腥味的唾液，可是愈发强烈的胃痉挛就如不断增压的电击，与此同时有一股抑制不住的力量在疯狂上涌。突然间，L扬起头来，他飞速冲进卫生间，以近乎喷射的方式开始呕吐。咖啡色的秽物飞溅在便池周围，汇聚成类似邪教标示的抽象图案。胃酸反流刺激着L的食道，他感到整个胸腔正在被火焰灼烧着。狂吐之后的L瘫坐在冷冰冰的水泥地上，似曾相识的虚脱感贯穿全身。

毕竟年轻，没过多久L的胃疼便大有好转。他撑起身子，简单地漱了漱口，冰冷的自来水让他清醒起来，他对母亲的一意孤行感到十分不满。他决定带着夏娃直接杀回县城，然后昭告天下自己早已有佳人相伴……

L重新坐回电脑前，在网络商城里开始细心筛选给夏娃承诺的新衣。他购买了一条还算淡雅的灰色连衣裙，一件米色的中袖修身西装和一双带着流苏的黑色小皮鞋。他脑中不断浮现夏娃这身打扮的模样，心中还对自己"卓越"的审美表示赞许。除此之外，他还订购了一个质量不错的特大号行李箱，对于他以往携带的行李而言，这个行李箱显得着实有些多余。

购物完毕后。L告知了夏娃自己的归家计划。夏娃一如既往地保持缄默，但从她的表情上可以看出，她似乎并不担心那个素未谋面的"婆婆"。L 见夏娃如此乖巧听话，忍不住又和她云雨了一番，不过这次欢好却因为 L 之前体力透支的缘故草草结束。

事后，L 挽着夏娃在那个隔板卫生间里洗了个无比漫长的澡，不太通畅的花洒喷射出的温热水珠，或许是这间公寓最值得炫耀的功能。洗浴用品的泡沫伴着水流冲散了之前呕吐物的异味，卫生间里的气氛温馨极了。沐浴完毕后，L 给夏娃穿上了一件自己的条纹衬衫，夏娃转眼间便出落成邻家女孩的模样，她简直就是个精通百变的可爱魔女。

L 替夏娃擦干头发，然后他点了双人份砂锅粥外卖，配菜是牛肉丸、虾卷、炸豆腐。这恐怕是近些日子以来，最丰盛的一餐。可夏娃却显得胃口不佳，什么也没吃，L 倒是狼吞虎咽，风卷残云般地将双份食物一扫而空，热粥彻底治愈了之前的胃疼，饱餐后的 L 也显得格外有精神。心情大好的他居然主动开始整理房间，堆积多日的生活垃圾装满了整整五个大号塑料袋，L 勉强拎起三个满满当当的袋子出门而去。

外面的阳光明媚得一塌糊涂，可对长期没有户外活动的 L 而言这却是一个处在"炙烤"中的世界。他被包裹在这真实的热量之中，内心深处却涌出一种难以名状的羞愧感。离公寓只有一条马路之隔的垃圾站，对 L 而言就如世界尽头一样遥远。他低着头不愿意与任何陌生行人发生有可能的对视，此刻的他无比确信这世上除了夏娃以外的眼睛都可以甄别他的卑微，洞穿他的懦弱。

L加快脚步穿过斑马线，在离垃圾站还有半米远的距离时，他便开始朝着回收箱投掷手中的塑料袋。三只满载的袋子像三枚没有经过统一弹道的软弱炮弹，只有最先丢出的一袋勉强掉进箱中，其余两袋均砸在回收箱两侧，里面的垃圾像礼花一样四溅开来。

"你他妈的瞎啊？往前多走几步能死吗？"一个身穿环卫服的老头咆哮着，从垃圾站里跳了出来。老头手里握着一柄大扫帚，看架势似乎要朝L冲过来。

L见状撒腿就跑，等跑回公寓楼门口时，整个人已喘得上气不接下气，他瘫坐在门口的台阶上四处张望，环卫老头根本就没有追过来。

"真他奶奶的晦气。"L骂道，然后朝着地上狠狠啐了几口唾沫。正当他起身准备回屋时，送快递的阿宇和秃顶的男房东从楼里有说有笑地走了出来。阿宇瞧见有些狼狈的L，露出一脸不屑。L则避开阿宇的眼神佯装不认识，径直朝楼内走去。

"多谢你啊！还专门跑来一趟。你们快递公司真是服务周到。"秃头房东拍了拍阿宇的肩膀说。

"都这么熟了,别客气。而且这种加急保险快件是一定要送到客户手里的。"阿宇说,"像你这样能体谅我们工作的人也是越来越少了,最怕就是没事找事的傻缺。开个玩笑居然投诉我骚扰他的女友。害得我少了半个月的奖金。挣点辛苦钱不容易。他的女友……"说着,阿宇又阴阳怪气地大笑了起来。

阿宇的声音很大,L听得一字不落。那"装腔作势"的笑声让L恶心极了,可他根本不敢回头,他只是自顾自地加快脚步,外面的世界对他来说简直是危机四伏,唯有那个密不透风的罐头盒才是最安全的方舟。

"的确是我在网站上匿名投诉的阿宇,居然被他知道了。肯定是夏娃偷偷告诉他的。他们之间肯定有什么猫腻,"L心里想道,"可这也不能全怪她,像她这样美貌的女孩子没人觊觎才奇怪呢。赶快回家让她和老妈见面吧!必须先确定关系,下次回来再换个新住处就好。"

回到屋内,L显得闷闷不乐,他故意板着脸不去搭理夏娃。夏娃相安无事地坐在电脑桌对面,身上的条纹衬衫和她还未干透的长发四射出万千温柔。

打游戏,抽烟,与夏娃翻云覆雨,L又陷入固有的循环之中。其间,他还接到了母亲的短讯,母亲发来了小镇女老师的照片,那经过软件处理和低档化妆品修饰的脸庞勉强能算在普通的范畴里。L 没有告知自己会带女伴回去的消息，他打算给母亲一个惊喜。

三天后，网购的一切统统到位。在此期间，L 办理了公寓的退租手续，订了双人的长途汽车票，还将电脑和一些杂物封存在一个大纸箱里寄存在房东家，打算返回后再做处理。秃顶胖房东对寄存一事感到不快，但毕竟是为期两年的租客，也就没有拒绝 L 的请求。在退还 L 押金前，胖房东很仔细地检查了房间，他必须要确认那些寒酸的家具和电器完好无缺。当他撞见屋里的夏娃时，表情很是诧异，或许是他对夏娃委身于 L 这样的宅男感到疑惑不解吧！

穿什么都好看的夏娃，让 L 更加确信自己的"非凡"的品味，美中不足的是那双带有黑色流苏的小皮鞋有些不太合脚，夏娃的脚实在是太小了，恐怕只能适合童鞋的尺码。为了和夏娃般配，L 也将自己唯一的一套西装送去了干洗。他还特意去了理发馆，剪了个还算是精神的头发。L 和夏娃在廉租公寓里度过的最后一夜，安静而祥和，没有虚拟的战争，没有疯狂的交媾，也没有怪诞的梦境，若不是 L 设定了手机闹铃，他很可能就这样与夏娃睡到下一个世纪。

上午 11 点，西装笔挺的 L 拉着那个巨大的行李箱只身一人来到汽车站。万里无云的天空用湛蓝鄙视着地上乌烟瘴气的城市。L 就像一个卖了几千万份保险的成功销售，塞着耳机，听着不知所谓的网络歌曲，踏上了一辆还算"豪华"的空调大巴。他坐一个座位，另一个座位上放着行李箱。同车的旅客们或多或少都会好奇这个给行李箱买票的家伙，L则不管不顾别人的目光，他呆呆地望着窗外，浏览着这个他生活两年却完全不熟悉的城市。千篇一律的写字楼在车窗外流动，各色的路人怀揣着不同目的在街道上穿梭，L将这些路人幻想成游戏世界里可以击杀获取经验的怪物，自己痴痴地傻笑起来……

四个小时车程并不漫长。大巴快要进入县城之前，L终于按捺不住给母亲拨了电话。

"我马上就到家了！"电话刚一接通，L便迫不及待地说道。

"你请上假了？怎么还提前回来了！我还说这国庆节去你那儿。"母亲万般惊喜地说，"是不是看到我给你发的照片了？样子还不错吧……"

"我是带着女朋友一道回来的。"L镇定地说。

"啊？女朋友？没听你提过啊？怎么不早说……"

"想着给老妈一个惊喜呗！"L的声音变得更加低沉。

"好好好,那我赶快准备准备。"

母亲高兴得连电话都没有挂断,听筒里只传来她急促的脚步声。L终止了通话,再看窗外,熟悉的县城逐渐清晰起来。街道很窄,车很少,楼房不高,窗户却都很干净!

大巴车驶入一个老旧的车站,缓缓停了下来,下车的旅客们几乎都是搭乘三轮摩托车离去,唯独拉着行李箱的L执意要找一辆相对宽敞的出租车。

好不容易等来一辆,出租司机本出于好意想帮L把行李放进后备箱,却遭到L态度恶劣的拒绝。L小心翼翼地将行李箱放在后排座位上,自己则坐进了副驾驶。县城很小,L只觉得出租车刚刚起步,即刻便到了家门口。付了车费,L又谨小慎微地拖出箱子,生怕有什么闪失。

掏出钥匙打开房门,正在厨房里精心烹饪的母亲并没有发现外边的动静。L连鞋都没换,只顾着将箱子拉进了自己的房间。几分钟后,他又走出房间,换上拖鞋来到厨房。

母亲瞧见儿子,先是一怔然后轻声责备道:"你这孩子怎么和猫一样,进门也不知道吭声!"

"这不是要给你个惊喜吗!"

"惊喜够多了!你先出去,快出去,别被烟呛着了!咱家的油烟机也该清洁了,排烟有些不利索。你爸也不操心,成天就知道钓鱼。"母亲一边抱怨一边将 L 推出厨房,"估计你爸也快回来了,这都五点多了……"

"噢!"L 应声道,他似乎想再说点什么,话到嘴边却又咽了回去。他默默走到客厅的饭桌前,搬出一张圆凳有些迟钝地坐了下来。没过多久,母亲便端着两道菜从厨房出来,走向饭桌时她不断环顾四周,仿佛在搜索什么。

"不是说要带女朋友回来吗?"母亲一边摆盘一边小声问道。

"她刚下车有些累,在我房里休息呢!"L 说。

"那你也得先叫人出来吃饭啊!"母亲埋怨道。

"好。那我去喊她出来。"L 说罢,走进卧室。

打开行李箱,L 抱起夏娃。那双不合脚的鞋子不小心掉落了一只。L 腾不出手来捡,索性将另外一只也拨到了地上。

满怀期待的母亲在看见夏娃后几乎晕厥过去。L 没有再作任何多余的介绍,只是将一本充气娃娃的使用说明书递给母亲。

名称:夏娃。编号:X98211。产地:日本。材质:硅胶。有无声音模拟功能:有/开关在左侧耳部后方。

"这就是我的女朋友……"

THE LOST BICYCLE
107-134

THE ALPHA CITY

GUOGE ZHANGLIAN

寻车记 （上）

世界的形状变得越来越狭窄，犹如一个正在萎缩的衰老子宫。恍惚间，小衫有种在钢索上骑车的错觉，两侧的黑暗骤变成不可估量的深渊，地上的泥泞正不断吞噬着自行车轮。每前进一米，他都会有种到达极限的体会。人在超越了精疲力竭，皮囊被掏空之后，便有机会审视自己的灵魂。那一刻，小衫感到意识中的狂热与镇定像两个不断碰撞的电子，自我的救赎与嘲讽接踵而来，他就如一艘对抗着风暴却始终不肯沉没的渔船，被迫挣扎在难以名状的波动之中。远处，豆大的灯火轻轻游弋着，这微茫的光点却始终保持着遥不可及的姿态。没有节奏的雨水击打在脸上，湿漉漉的瘙痒让小衫想起过去某时患上的轻型皮炎，或许只要稍微抓挠一下就会有所缓解，可他实在腾不出手来，他必须紧握着车把以保证将要来临的抵达。

一个装着自行车备用零件和必要生活品的驮包、一个简易帐篷、一把练习吉他、一些用于记录影像的数码产品，以及一架功能还算不错的山地自行车，这便是川藏南线骑行的基本配置。从成都到拉萨，起初壮丽的风光总能带给旅人无尽感慨，之后越来越艰难的路况以及不断攀升的海拔则开始肆虐他们的身体与意志。尤其是在遇到断水断粮还要夜行前往下一个村镇补给的情况时，那种向死而生的心境完全可以称之为卓绝的修行！同行的"骑士"里有不少人在途中就选择了放弃，其中不乏体魄比小衫更为优异的家伙们。小衫能完成这段苦旅的全部支撑不过是一本畅销世界的三流小说——《在路上》！然而，他根本就没有耐心阅读完这本流水账般的破书，他仅仅觉得自己作为一个民谣歌手需要凯鲁亚克的流浪气质，但是从来没有人告诉过他，《在路上》的"垮掉"精神不过是美国无赖为了体面要饭而设计的幌子罢了……

依山而筑的厚重墙壁、外挑的飞檐、翘起的屋角、镏金的铜饰、肃穆的白塔，气势恢宏的宫殿在余晖的映照下还流淌着些许曾经至高权力的气息，即将迎来而立之年的小衫带着走穴唱歌存下的全部积蓄，骑着自行车兜兜转转来到布达拉宫脚下。他不求得到生命的启迪，不求探究玄秘的智慧，不求皈依或忠诚于伟大的信仰，他只是想要进行一次对过去的审视，审视自己的灵魂为何在繁华世界中变得滞重，审视自己的欲望为何在声色犬马中不断膨胀，审视自己的理想为何在岁月更迭中变的迷惘……

无限接近于天际的山峦一次次被藏地升起的朝阳侵染成金色，佛光普照众生却不能将众生的疑惑统统解除，而有所领悟的僧侣们却更善于微笑或保持缄默。小衫突然想起在汉地某座庙堂中听到的一句箴言："佛只度自度之人"。他起初并不能完全理解，而现在虽领略到些许奥妙却仍感困惑。他抬头望向苍穹，企图看穿那洁净的没有杂质的蔚蓝，却又被不知何处传来的钟声打断了思绪。他只好模仿那些虔诚的朝圣者们，抚摸着一个又一个转动的经筒，虔诚换来的是宁静,是重塑,是新生!

小衫甚至在某个瞬间萌生了剃度的念想!

然而,念想终归只是念想,回到八角街的客栈里,几口当地自酿的青稞酒又让他重返现实。淡淡的醉意在高原反应的催化下让他不住地流泪,为经历的世俗流泪,为浪费的时光流泪,为必消的业障流泪。在一次次擦拭泪水后,小衫为这次旅行做了总结:这是他在三十岁前完成的一次关于认知自我的苦行,但最终的到达却饱含着骄傲与浪漫。

离开的那天,小衫对着布达拉宫道别:"我知道我曾经就住在你的身体里……"

历经了不堪回首的自行车之旅,火车对小衫来说就像一列移动的五星级酒店。他在硬卧上睡了无比漫长的一觉,一梦一醒之间,他对生活又有了全新的觉悟,在这平凡世界里,唯有歌唱方能救赎。

回到 W 城以后,小衫尝试着谱曲填词,尽管吉他驾驭不了太复杂的旋律,但对民谣歌手而言三五个和弦足以叙述生活的点滴。他下定决心开始戒烟,不再和过去靠着些许大麻寻找灵感的同行们联系。他骑着那辆受过藏地"洗礼"的自行车驰骋在都市漫长的夜色之中,从咖啡馆到酒吧,从二人转舞台到有点格调的西餐厅。他不再介意作暖场歌手，也学会满脸堆笑地唱一些烂俗的流行曲目。他渐渐忘记曾经地下通道里天然的混响，过去冗长而不切实际的摇滚明星梦也随之烟消云散。以普通驻唱歌手的身份谋生带给小衫前所未有的满足感，接活的场子越来越多，收入也理所当然地稳步攀升，小衫开始缴纳社保，筹划按揭房子，购置更好的吉他和手鼓，写更多简单快乐的曲子，面对城市里的人潮杂沓与灯红酒绿，他感到渐入佳境。在 W 城中从来就没有"悬崖峭壁"，也不存在绝处逢生带来的欢喜，这里只有永不停歇的便利商店和通宵营业的冒菜馆。稀释在夜里的通明灯火，让他和那辆自行车产生一种相濡以沫的情怀，从某种意义上讲二者都经历了涅槃，这辆车仿佛可以御风而行，小衫则开始欣赏这种世俗庸碌的生活！

青春如同一颗水果硬糖，这破糖咬不动，只能用舌尖慢慢舔舐消磨，初含于口中时，溶于唾液之中的全是坚固和酸楚。你咬着牙，强忍着耐心装出一副有滋有味的模样。某天，那如鲠在喉难以下咽的感觉突然有所好转，这块糖也渐渐开始回甘，开始变得柔软，你误以为这是苦尽甘来，却不知这是少年一去无返，你得到的甜味充分证明了你的衰老和虚弱，过去的无端愤怒失守了，消散了，妥协了。你进化了，成熟了，不再自以为是了……

三十岁生日这天，小衫邀来自己在 W 城中的全部好友。大伙相约在一家颇具规模的烧烤店里，疯狂豪饮当然是必不可少的，不计其数的冰啤酒很快便瓦摧了盛夏的热量，汗水蒸腾在越来越大声的调侃与吹牛中，整场的气氛既躁动又愉悦。这是小衫打出生以来操办的最为隆重的生日派对，他收到很多心仪的礼物，印着 David Bowie 头像的 T 恤衫，Slash 复刻款的礼帽、Bob Dylan 不久前刚出版的小说，如果他戴眼镜说不定还会有 John Lennon 的淘宝同款，总而言之都是些国外大牌音乐人的衍生商品。若换在几年以前，小衫定会为得到这些精神偶像的附属物而欣喜若狂，但时至今日他对这些玩意产生了彻底的免疫，这些充满着蛊惑的礼物远远不及那辆久伴他出行的自行车，在那三角形的座包上他已获得一种不可言说的坚毅！

堆积在墙根的空酒瓶渐渐形成一道低矮的玻璃屏障，迟来的醉意使得生日主角开始侃侃而谈。小衫讲述了进藏骑行艰难的历程，讲述了自己过去在地下通道唱歌的峥嵘时光，讲述了他关于现在和未来的计划与打算。讲到一时兴起，他拿出随身的吉演弹唱起来，他唱了几首 Bob Dylan 的经典曲目而后又唱了一首李志的《关于郑州的记忆》，在座的一个女孩听得热泪盈眶，或许她就来自郑州……世人之间的关系无非就是感动与被感动，热爱与被热爱，憎恨与被憎恨，给予与被给予，小衫想把这些情愫都归纳在自己的歌声中，这便是他三十岁生日的唯一愿望。

翌日上午，小衫醒来时发现自己竟躺在快捷酒店的标准间里，隔壁的另一张床上是鼾声如雷的老夏。昨夜的记忆到唱歌的部分便戛然而止了。小衫检查了下随身的物品，统统都在，他的宝贝吉他和那堆生日礼物也都整齐地摆放在电视柜旁，显然有个很细心的朋友周到地照料了这个酒醉的歌手！

"东西还挺多，幸好老夏有车，不然我那自行车可拉不回去。"他暗自庆幸着，转瞬间脑中又泛起"自行车"三个字。"糟糕！昨天就停在烧烤店门口，关键是那车锁太过简易，千万不能被偷了！"小衫跳下床来，冲出房间，他甚至连房间号都没顾得上记。快捷酒店离烧烤店只隔着一条马路，小衫却选择忽略人行道，他像跨栏运动员一样跳过了围栏，飞奔向烧烤店门口。如他所料，车子已不见了踪影。

烧烤店白天打烊，下午营业。小衫抱着店家好心替他将车保管的希望，硬生生地敲打着紧闭的卷帘门，铁皮发出的"哐啷哐啷"声响仿佛来自地狱。负责看店的伙计一脸错愕地拉开门来，还以为外面出了什么人命关天的大事。在得知小衫为找车而来时，差点骂起娘来。"我他妈正睡觉呢！什么乱七八糟的破自行车。"伙计吼叫着，重新拉下卷帘门。小衫怅然若失地伫立了几秒，忽然想到还有一个叫派出所的重要机构，他立刻用手机搜索了一下管辖这个街区的派出所，离他现在所在的位置不到500米。

按照定位的坐标一路狂奔，在一条悠长的看不见出口的巷道中，小衫终于发现写有"东关派出所"字样的门牌。他做了一个很长的深呼吸，然后进入所内。大厅里只有一位当班的协警正在汗流浃背地吃着炒米粉。协警扫了一眼小衫,而后继续埋头吃饭,也许从个人经验上判断面前这位并没遇到什么杀人越货的大事。

"阿 sir。我要报案!"小衫开门见山地说道。

"什么情况?"协警问罢,又津津有味地吃了两口米粉。接着拿出一个灌满浓茶的塑料壶,悠悠闲闲地呷了口热茶。

"我的车丢了!"小衫对面前公职人员的悠然自得感到不悦。

"哦?什么车,在哪儿丢的?"协警的语气稍稍严肃起来。

"一辆雪青色的山地自行车,昨天晚上在……"小衫竭尽全力地想将自行车及丢失地点的细枝末节描述清楚。

协警在听见自行车几个字时,整个人的面部肌肉都抽搐在了一起。他随手翻出一张单子,递给小衫。"自己把详细过程填写在这张报案材料单上。"说完,又开始埋头吃起了米粉。

"有笔吗?阿 Sir。"小衫怯怯地问道。

"去那里面写。"协警指了指一旁的审讯室不耐烦地说。

推开审讯室的小门,一股浓重的烟味扑鼻而来,天花板上的换气扇不知何故没有打开使用。警用的办公桌并没有什么特别,桌上摆放着必要的文具,以及一台款式有些陈旧的电脑,除此之外便是一个盛满烟蒂的塑料烟灰缸。小衫在笔筒里连续更换了三支圆珠笔,才找到一支勉强可以下墨写字的。再仔细审阅完材料单里的填写项后,他开始工工整整地书写具体内容,姓名、年龄、民族、身份证号、联系方式、自行车的丢失地点、型号、颜色,甚至连刹车盘和变速器的牌子和价格都有详细交代,他就像完成高考作文一样小心翼翼!一时间,圆珠笔出墨又变得不太利索,他只得甩起笔来,猛一抬头,小衫看到对面的犯人椅上居然有个男人正嬉皮笑脸地盯着自己。

"嘿!哥们,有烟吗?"男子突然问道。他的手脚都被铐在那张犯人椅上,他一边问一边晃着身子,被禁锢在椅背上的感觉一定很不好受!

小衫不想开口搭理他,他摇了摇头继续斟酌自己的报案材料。

"哥们!你就在那个烟缸里给我找根剩下的烟屁股,我嘬两口就OK。拜托了。"男子恳求道。

小衫心里还是有些不情愿,可一想能在这种场合遇见此君也算是有点缘分,于是便在烟缸里挑选出一截还算长的烟屁股,在一叠A4

打印纸下面他还找到了一枚打火机。小衫将烟递到男子嘴边,男子饿虎扑食般地一口叼住,他替他点上火,男子用尽全力深深地冒了一口,那种窒息式的抽法绝对有可能造成瞬间晕厥。烟雾从男人玉米色的门牙缝隙中缓缓溢出,他眯着眼睛露出一副极为惬意的表情。很快,香烟能抽的部分便完全燃尽,男子恶狠狠地将残留些许火星的过滤嘴吐到了墙角,审讯室为防止嫌疑犯轻生的软装地面,居然没有使用防火材料,火星瞬间溅出了几个针孔大小的洞。小衫见状只好过去用鞋底碾灭过滤嘴,他斜眼瞪了瞪男子,却仍看到一张若无其事如中邪般的笑脸!

这段插曲过后,小衫又开始苦写材料,最终他完成了一篇关于山地自行车的产品报告。在他认真校对,修改错别字和病句的时候,男子突然开口说:"根本不会有人看那玩意儿!"

小衫瞟了一眼男子,没有搭腔,因为之前的举动他已判定此君是个社会边缘人士。

"你是丢了什么东西了吧!钱包之类的……"男子自信满满地说。

"你怎么知道?"小衫问。

"连个陪做笔录的民警都没有,说明没出警。小盗窃案,派出所一天能受理十几起,要是件件都专门侦破不得累死!"男子振振有词地说。

"你是丢了什么？"他接着问道。
"一台山地自行车。"小衫答道，"照你的意思说，找回来的概率不大？"

"不大？基本就没有。除非运气好，碰到个大型盗窃团伙被端掉，还必须你的破车就刚好在里面。"男子咧嘴说，"你要真想找，上自行车市场去转转，碰碰二手车贩子还有点机会……"他本想再指点指点小衫，不料当班的民警回来了。民警要开始做嫌犯的卷宗笔录，便将小衫支出了审讯室。小衫将完成的报案材料递回给外面的协警，果真如男子所说，协警连看都没看单子一眼，他只是淡淡地告诉小衫回去等电话通知！

出了派出所的大门，小衫便意识到自己在浪费时间。他即刻打车前往W城中最大的自行车市场，他生怕自己的车历经了多次易主，已成为别人的"胯下之物"！半路上，老夏打来电话。小衫简单讲述了一下失窃事件的原委，并拜托老夏将自己的吉他保管好。老夏当时便笃定寻车无望，他还答应要是车子找不回来，再买一辆一模一样的赠予小衫。小衫却坚持要去试试看，他强调这辆自行车是不可复制并且拥有独立性格的，他割舍不下那种羁绊！

W城的自行车市场绝对会让密集恐惧症患者瞬间病发崩溃，各种款式和类别的车子交织在一起,没有任何辨识度可言。成千上万锃亮的车架像无数怪异的金属"假肢"。仔细听,还有连绵不断的脚蹬带动链条所发出的混响。种种景象让小衫感到头皮发麻,但他仍旧从车市的入口处开始挨家挨户询问。为了稳妥起见,他并没有说自己是来寻车的,他只是将车架的样式以及配件的型号告知车贩,前提是这些东西都必须是二手的!

徘徊在由自行车构建的"法阵"里,重复着完全相同的问话内容,小衫像是恶灵上身的邪童,目光呆滞,口干舌燥,步伐僵硬!折腾了好一阵,却没有收集到一点点有效线索,终于他止步在一家兼卖着冷饮的车行前,他需要补充一些水分。

"小伙子!你是来找车的吧?"饮料摊的大妈搭讪道,"看你来来回回好几趟了,问的还都是些二手配件!"

小衫太渴了,他紧紧捏着矿泉水瓶边喝边点头,他几乎要把塑料瓶捏爆了。

"我给你讲啊!整个市场里收黑车的只有一家。"大妈皱了皱眉头,"我可不是爱管闲事!你得替我保密啊。"她迅猛地指了指不远处的一家车行,然后摆出一脸追悔莫及的表情。这踏破铁鞋无觅处的突然惊喜,让小衫相信他与这架车之间存在着某种神秘的磁场,那就如石中剑必须由亚瑟王拔出一般。他匆匆向大妈道了谢,便朝着收赃的车行走去。

小衫来到那间车行门口，朝里面打量了片刻，只看见一个长相普通的中年妇女正目不转睛地玩着手机。可他并没有进去询问什么，只是再次确认了妇女的面容之后便匆匆离开了。因为他发现这家店里除了各式各样的拆车件以外，根本没有一辆完整的自行车。在那一瞬间，他足够机智地反应过来，这黑车行的经营模式是以拆卸分销为主，他认为应该存在一个专门负责拆车的窝点。他不想打草惊蛇，他决定要跟踪店主，直捣黄龙！

离开市场，小衫给老夏拨了电话。他需要老夏的汽车作为有利的跟踪设备。老夏虽觉得小衫是在大海捞针，却仍旧被那股执着劲打动，他没有给寻车一事再泼冷水。两人找到车市出口的必经之路，便开始停车蹲点，等待的时光总是异常缓慢，车内空调的冷媒似乎有些不足，吹出的凉风始终不太够劲。老夏扭开广播，很快便被无聊的节目催眠，他的鼾声依旧犀利。小衫则处在一种打了鸡血的侦查状态，这一幕像极了国产的刑侦剧，若真如此，那么他必定扮演一个前三集就壮烈牺牲的角色！

终于，锁定的人物出现了！收赃的女店主上了一辆灰色的丰田轿车。

"赶紧的，起来了。跟上那辆车！"小衫摇醒老夏。

"哪儿呢？哪儿呢？"迷迷瞪瞪的老夏从酣睡中惊厥道。他边揉眼睛便挂挡，车子响起了未松开制动装置的报警声。

"就前面那台灰色的丰田，你先把手刹松开。"小衫提醒道。

在城市中跟车，只要保持着恰当的距离行进是很难丢失目标的！老夏开得游刃有余，但小衫却始终不肯放松警惕。迂迂回回，灰色的丰田车终于驶入了一个住宅小区。

"不跟进去了！"小衫叫停老夏。

"不跟了？"老夏诧异道。

"估计她是回家了，这里不像是有什么拆车的窝点！"小衫的语气像个推理专家。

"魔怔了吧！怎么看那女的都不像个偷车的！"老夏说，"你怎么知道车在她那里？"

"没说她偷，整个市场只有她收赃车！我凭直觉确定我的车就在她手上！"

"直觉这么准，买彩票去啊！"老夏调侃道，"咱们干脆就把她堵着，直接问呗！要真在她手上，她多少钱收的，咱再收回来得了！"

小衫摇摇头。其实他早就想过这个方法，可对于一个做赃车生意的人而言，根本就不会有这种坦白的可能。如此下策，只能暴露自己车子的线索，而车子则一定会被更快速地处理掉！

小衫没有多作解释。为感谢老夏的热心陪同，小衫执意要请他吃晚饭。地点依旧是车子失窃的烧烤店，一成不变的烤串早已不能对味蕾产生刺激。小衫点了生啤酒，老夏拒绝。

"等会还得开车，昨天就喝多了！车子停在路边被贴了条。还他妈的得照顾你小子。搞不清楚状况的还以为我对你有意思！"老夏抱怨道。

"一点点啤酒没事。"小衫倒了小半杯递了过去，"我还以为昨天是哪个不留名的姑娘细心照料我呢！想想还真硌硬。"

"滚！和你待在一起全是些傻X事。"老夏拿起半杯酒一饮而尽，"就这半杯，酒驾可是要蹲局子的！"

"嗯！今天晚上的演出我也推掉了，车子找不回来先暂停几天！"小衫说着也喝了一大口酒。

"快算了吧！能找回来才是见鬼了！"老夏说罢，吐出一口咀嚼不动的烂肉。

"敢赌吗？"小衫挑衅道。

"赌什么？"

"我找到车子，你给我送个高档车锁！找不到，我给你洗一年的车！"

"亲自洗就算了，你给我办张洗车卡。"老夏说，"这跟白捡的差不多！"

"一言为定。"小衫胸有成竹地回答道，"但你得陪我至少一周的时间，每天车市下班前我们见，持续跟踪。"

"我去，原来在这等着我呢！"老夏感慨道，"一辆破自行车，至于吗？我说了送一辆，绝对不比原先的次！"

"有些东西是情义无价！这事就说定了！"小衫端起一杯酒，独自饮下，没有再给老夏回旋的余地。

寻车记（下）

饭后，老夏再次扮演了雷锋的角色，他将无心去演出的小衫送回公寓。小衫把之前收到的生日礼物统统归置在一个巨大的收纳箱中，然后独自一人练起琴来。傍晚，不知哪儿飘来的一朵云彩引来了一阵颇为激烈的雨。打开窗户，外面的世界飘散着一股樟脑丸的气味，那些湿润的水珠仿佛有着延缓腐朽的功效！小衫应景地弹奏了一首民谣版本的 *Here Comes The Rain Again*，轻柔的旋律带来了浓浓的睡意，大概是因为白天精力过于集中的缘故，他竟然抱着吉他昏昏睡去了。

为期一周的跟踪计划翌日生效。雨后的 W 城，气温骤然反弹。建筑物在热浪中开始扭曲，甚至出现如巧克力般融化的幻象！小衫一大早就跑去了市场，确认了收赃的女店主按时上班之后，便选了一间就近的咖啡厅默默等待。下午六点，老夏按时到达，同样的守候地点、同样的跟踪模式、同样的堵车时间、同样的红绿灯跳转次数，最终也是以同样的结局收场。

跟踪的第二天，气温继续升高，本地报纸的生活版已经打出了"今夏 W 城打破往年高温纪录"的标题！老夏给车内的空调加满了氟利昂，可在强烈的冷气下两人仍旧汗流浃背。老夏开始抱怨天气，其实是想反悔赌注!小衫见状又加了注码:如果一周内找不到自行车,他答应的洗车卡从普通清洗变为精洗,事实上一张精洗年卡要远远超过自行车的价值!老夏倒也不是贪图这点小利的家伙,他只是不能理解小衫的执拗。这一天的跟踪,同样未果!

第三天,W城的天气状况居然登上了中央新闻,报道称是百年不遇的罕见高温!城中几处老化的变压器发生爆炸,所幸没有伤到什么人!自行车市场则遇到临时消防检查,暂停营业。几日都没有去走穴驻唱的小衫,力不从心地赶了几个早场。原本庆幸可以在家吹着冷气蒙头大睡的老夏,却没料到自己身处在变压器抢修的断电区域!半夜,他实在耐不住酷热便跑去了小衫的公寓。两人喝些点啤酒,又开始彻夜畅谈人生。老夏最终将寻车一事归结为自己命中的一劫,他索性决定一不做二不休,和小衫同吃同住耗完这最后几天!

第四日早晨,老夏比小衫起得还早。两个人在路边摊吃过早点,便直奔自行车市场。就在快要到目的地的时候,他们瞧见了那每日追踪的灰色丰田轿车!车子径直路过了市场的入口。

"咱们赶快跟上去!"小衫呼喊道。

老夏小心翼翼地保持着车距,他每一脚油门都像是经过了准确估算。两台车走走停停,不知不觉中竟然来到了城郊附近的工业园区。

丰田车最终停在了一个大型的煤焦油加工厂旁。女店主镇定自若地走下车来，然后走入工厂隔壁一条不仔细看很难发现的隐蔽小道。小衫和老夏则待在车里观望，不一会儿女人和另外一个男子拎着几个自行车把走了出来。

"你小子不去当侦探可惜了！真的是狡兔三窟，果然有拆赃窝点！服了！"老夏感慨道。

小衫默不吭声，直勾勾地注视着两人的一举一动。那两人并未多做逗留，他们将配件装入后备箱之后便驱车离去了。

"我们一起去瞅瞅，最好不要有人在！"几分钟后小衫终于开口说话了，"车上有什么工具能防身？"他问道。

"有，有，有！"老夏说罢从座位下面抽出一个胳膊长的钢制手电筒，"一直背着这个家伙防身，也没派上过用场！"

"这玩意抡起了得他妈的出人命！"小衫拿起电筒比画着说。

"就是吓唬人用的！除非碰到什么暴恐袭击……"老夏悻悻地说。

小衫揣着电筒走在前面，老夏紧随其后。这条隐蔽的小路的尽头是一幢看起来年久失修的院子，院门上拴着一个普通的链锁，这锁对于院外低矮的围墙来说简直是形同虚设！老夏双手一撑便将小衫送上墙头，两人默契的人梯配合绝对有当飞贼的潜质。

院里有一间不算太大的彩钢板库房。库房由一扇崭新的防盗门把守，没有钥匙基本没有进入的可能。在库房的侧面有一扇人脸大小的通风窗，高度一般，垫几块砖头应该就能尽览其中的秘密！小衫正打算跳入院内，突然间看见一条挺大的土狗从库房背面窜了出来。土狗凶恶地吠叫起来，可能是墙上的陌生男子打扰了它的午休！

"我去！有恶犬啊！"老夏抬头错愕地说道。

"嗯！不好搞。"小衫说，"等等看看有几条狗，要是就只有这一条倒也不麻烦。"

"你还打算和狗搏斗啊！"老夏不解地问道。

"当然是智取了。"小衫说罢，蹲在墙头和狗对视起来。

土狗瞧见陌生人不屈于自己的淫威，便开始更狂野地咆哮，狗在墙下不停跳跃扬起一阵阵尘土，狗的口水甩得到处都是，狗似乎信誓旦旦要将这个闯入者撕碎，然而这矮墙完美地诠释了人与兽之间的距离！小衫一时间居然和这条狗产生了共鸣，他看着它，一时间想起了自己在布达拉宫脚下的场景……

"嘿！你是要给狗催眠吗？"老夏不耐烦地问道，"怎么在上面发呆啊！到底有几条狗？"

"看样子就这一条！"小衫回过神来，一个箭步跃回到老夏面前，"走，去买点东西，我收拾这狗！"

"什么东西？老鼠药啊？"老夏问。

"走就知道了，就近找家商店就行。"

在不远的一间小卖部里，小衫买了几根火腿肠和一盒大头针。他将大头针埋在火腿肠中，一脸就要拿下其狗命的得意表情。

"这玩意管用吗？"老夏见状问道。

"小时候就靠这方法吃了不少狗肉！"小衫说，"和不能给狗喂鸡骨头一个道理，狗是直接吞食，这么多锐物马上就能拉开它的肠子！"

"真他妈操蛋！"老夏说，"你小子满脑子都是歪门邪道！能不能有点人道主义精神。这死法多惨烈啊！又不是狗的错。"

"那你说怎么办？"小衫质问道。

"我他妈也养过狗！"老夏不再吭气，但脸上写满了不乐意。

"咦！对了，我想到了个招。"老夏又突然叫唤起来，"我有个哥们在军犬训练基地。他们总是用警用电棒吓唬狗，那玩意儿一开噼里啪啦的，狗见了可老实了！万一碰到硬茬，扑你，电一下也不至于死！"

"你确定能借到电棒？"小衫质问道。

"没问题。关系铁，而且快去快回，也不耽误你的事。就这么着。你不能杀狗，这是我的原则。"

小衫又想到在墙上和狗对望的瞬间，便点了点头答应了老夏。

如老夏所说，借电棒一事手到擒来。来回的路上，老夏也是见缝插针地狂飙，他绝对具备赛车手的潜质。一个多小时后，小衫再次站在了小院的墙头。土狗则又启动了看护模式，它这一次的表情似乎比上一回更加凶恶。小衫将手中的电棒隔空指向狗的方向，他一按红钮，"啪啪啪"一阵激烈的电流跳动起来。土狗光听见声响就怂了一半，慢慢向后踱起步来。小衫顺势跳入院内，狗突然向前一个小扑，不知是哪里稍稍碰到了电棒，它竟以一种反弹的状态迅速逃离了！不一会儿，狗从钢板房的后面探出头来，发出低声的哀嚎，却再也不敢靠近小衫。

解决了狗的问题后，小衫绕着钢板房走了一圈，在确认没有人的情况下，则开始最后的侦破。他在院子里找到几块踮脚的墙砖，站在砖上透过通风窗，映入眼帘的是一个满是漆黑车影的空间。由于光线不好，他又喊放风的老夏从墙外递来之前的防身手电筒。土狗望见小衫手中又多了个类似的玩意，更是胆怯，索性不再探出狗头，任由这个闯入者为所欲为。

电筒灯光只能照亮库房内的部分区域，小衫从左到右地开始依次排查。光照反复扫过库房里的每个角落，却始终没有出现雪青色的反射。近百个紧挨着的车架好像在和小衫玩一个测试眼力的游戏。没一会儿工夫，小衫全身上下已被咸湿的汗水浸透，从额头渗出的部分缓缓流向眼角，那种感觉好像被一只隐形的蜜蜂蜇咬。他开始用手掌不断搓揉眼眶，就在某一瞬间，他感到有什么期待的光线在闪烁着。终于，他将勉强探入通风窗的脑袋扭向了与身体平行的一侧，他看到了处于视线死角的墙上就挂着自己丢失的自行车。

"找到啦！真的在这里！"小衫兴奋地大声呼叫起来。原本消停的土狗又被这叫声搞得跃跃欲试，但仍旧不敢靠近小衫。院外的老夏听闻此讯也感到欣喜若狂，就像是打捞到百年前的沉船宝藏一般。

小衫又一次身手敏捷地翻到院外，他根本就不需要什么人梯的辅助！他觉得自己的状态就像十八岁，就像一头活力四射的年轻雄鹿。而现在最重要的事情就是如何将车子安然无恙地取回。

"里面库房的防盗门太牢固！必须找专业的开锁公司！"小衫和老夏商榷道，"关键是单单把我的车子拿出来，有点不甘心！得教训教训这个收赃的店主！"

"那就把门撬开！把里面的车子统统都拉走呗！"老夏提议道。

"我看你只有在狗的事情上才能闪烁出些智慧的光芒！"小衫说，"你支的招要是碰到人报案，我们就算是大型盗窃了！"

"这黑店还敢报警。我们把车子运出来上交给公安不就OK了吗？"老夏义正词严地说。

"你也是个法盲！"小衫说，"现在我丢车的证据确凿，我们可以联络警察来处理。我要回我的车，警察还可以顺理成章地打掉个收赃窝点！说不定我们还能因举报获个好市民奖什么的！"

"你自己之前好像还抱怨过派出所不搭理这种民事小案……"老夏嘀咕道，却也没有什么更好的建议。

二人再次驱车前往东关派出所，那天递给小衫报案材料单的协警听闻他的整套寻车事迹后，大加赞赏了小衫的逻辑分析能力和处理方式。但因为赃车窝点不属于管辖的地段，所以小衫他们只能去负责工业园区的"北郊派出所"重新报案。小衫心里大为光火，觉得协警明显在有意推诿,他以为只要去几个警员便能将收赃店主就地法办,却不料还要再去走一套所谓的正常程序!老夏倒是一副见过了社会刁难的乐观态度,他安慰小衫,毕竟车子找到了。两人连午饭都没吃,又匆匆赶去了北郊派出所。

"这是我第一次觉得一件事从傻X到牛X。"老夏一路上将这句话重复了好几次。小衫没作回应,他觉得这种认同再次诠释了自己三十岁后的追求——一种平凡的责任和使命!

相比于市区的警务工作地点,北郊派出所显得冷清多了。负责接警的是两位年轻的协警,依照流程小衫再次填写了报案材料。

当天下午,收赃的女店家就被传唤到案,这厮一脸无辜地辩解道自己是做二手自行车生意,并不知情小衫的坐骑是他人盗窃所得!后来,女店主单独被审讯了一阵,聊的内容小衫不得而知。最后,涉案人员一同前往了黑仓库。由于其他的证据不足,所以警察仅仅是做了民事调解,小衫认领了自己丢掉的车子,至于仓库里其他的二手自行车,则未作任何处理。小衫车上的座包已被拆卸变卖,为此女店主还赔付了两百元钱,事情才算是了断。

后来,听说小衫出了张名为《寻车记》的个人专辑,专辑封面是一张画质粗糙的黑白照片,照片里只有一个孤零零的自行车座包被丢弃在马路上……

THE FINAL GAME
135 - 156

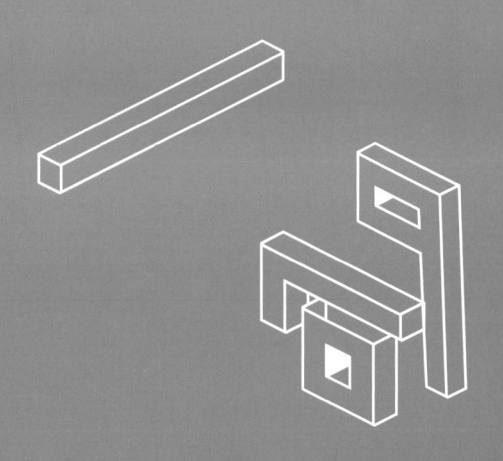

THE & ALPHA CITY

GUOGE ZHANGLIAN

最后一局 （上）

路灯启动时，因为电压不稳而导致的短促闪烁取代了城市上空本应该由黄昏来完成的明暗过渡。在这种情况下，白天与夜晚的渐变关系已然不复存在，黑与白之间自然保持的交替过程也完全丧失了与生俱来的仪式感，整个世界被迫沦陷到一种莫名的搪塞与敷衍之中。人造光源的出现让人们开始不辨黑白、不尊重夜晚。人们渐渐尝试放弃睡眠，恶的趣味则得以肆意蔓延。

当然有人会问，关于这些路灯的定时装置究竟安插在哪里？若再深究下去，脑中不免会出现一个形状不明、却真实存在的维系社会秩序的终端。无论是交通工具的统一对发时间，还是人们朝九晚五的工作进程，又或者是各种各样生活必需品的价格浮动等，诸如此类的数据源源不断地汇总在这个终端之中，在这个巨型终端对数据做出分析和规划后，它开始具体地支配着人们的生活。也许，从人类开始用绳索打结计数的那一刻起，这个终端就已经存在，无论统计的数字多么复杂，整合的数量多么庞大，终端都不会出现误差。因为它会随着人类社会的进化而进化……

老鱼走在每天回家的必经之路上，他拖着双脚缓慢地朝前挪动，鞋底与地面发出"嚓嚓"的类似砂纸打磨的响声。有一种难以形容的浓重正不断累积在他的身体之中，老鱼就像是患上可以预见的中风，眼看下一秒整个人就会彻底倒下，就差一点点，就差人们常说的最后一根压死骆驼的稻草！

在路的两侧，纷扰的灯光和霓虹灯无间隙可言地跳跃着，城市的轮廓若隐若现，排列组合成一个个光怪陆离的符号，鳞次栉比的建筑物则和老鱼的脚步形成了鲜明的对比，它们内部的钢筋水泥仿佛全部被抽空，只剩下了一座座处于失重状态的框架结构，在夜晚光影的衬托下，眼前的每一幢楼宇都以一种悬浮的状态漂浮于大地之上。夜归的鸟类和夜行的蝙蝠在空中快速地交叉穿梭，若不是这些有血有肉的飞行物存在，老鱼定会怀疑自己还弥漫在一个诡异的酣梦里。

然而，身处现实的老鱼，脑中却频频闪现出令他作呕的画面：110 码长的绿茵场不断地翻转，二十几个精壮的年轻人疯狂追逐着那个带有魔力的圆形物体，电子计分板上不停变幻的数字……关于足球的种种元素全部都混淆在一起，犹如电脑屏保一般不断重复回放，突然响起一阵刺耳的哨声，老鱼凝神一听，原来那并不是什么哨声，那只是不远处汽车急刹时发出的摩擦声。这尖锐的声音穿过喧闹的夜市，穿过路边商贩们各种方言的叫卖，穿过高压电线交变电流的混响，穿过入睡的心跳、呼吸，甚至是新陈代谢的频率，最终又被某种介质完完全全地反射回来，变成老鱼的幻听。对老鱼而言这声音已经超过了嘈杂的界定，比耳鸣还要更胜一筹，老鱼将小指塞入耳朵，企图用指甲刺透耳膜，妄想以此来谋求片刻的安宁，然而他仅仅是刺到耳道中陈积已久的耳垢，这些油腻的分泌物被捣碎后顺势粘连在老鱼的指尖上。当他拔出小指看到这些秽物时，一种被戏弄的感觉油然而生，无名的怒火使得他再次举起手来，他决心要彻底破坏自己的听觉神经。

可这一次，手机的突然震动摧毁了老鱼的"自残"计划。震动从口袋传递到裤管再转移至老鱼全身，他不明白这如此微弱的振幅为何会变得越来越强烈。老鱼掏出手机，屏幕上赫然显示着"铛铛买球"几个字。"果不其然，是他。"老鱼心里想道，"也只有他会在每天的这个固定时段打电话过来。"

铛铛是一名境外博彩公司的代理，再通俗点讲他是赌博公司的中介人，也就是人们常说的地下足球彩票贩子。但凡这个世界上开出盘口和赔率的足球比赛，铛铛都可以帮你下单。你可以预测比分、竞猜大小球、买胜负平、追让球和滚球、下注角球或者任意球的次数、红黄牌的张数以及哪支队先开球。只要你想，足球场上的一切都可以作为赌注。在铛铛兜售的足球博彩项目中，甚至出现过乌拉圭队头号球星苏亚雷斯咬人违体犯规的赔率，更荒唐的是居然还有人花钱买中过！

老鱼迟迟没有按下接听键，可他又不愿意直接挂掉手机。来电的这个年轻人仿佛拥有非凡的法力，老鱼感到整个人都受控于他，不能自己。此时，各种各样的赔率像股票数据一样开始在老鱼眼前滚动。老鱼只觉得全身亢奋，他忽然想到这个夏天已经开始的巴西世界杯，以及接下来欧洲的各种超级联赛，无数的国家和俱乐部的名称依次排列开，如浪潮汹涌而来。这一刻，老鱼就在海浪的中心。在风暴的前沿，足球那扣人心弦的节奏，那行云流水的配合，那华丽炫目的盘带，那激动人心的突袭，那凌空一跃的头球争抢，还有令全场窒息的决胜点射……然而，如此伟大的体育运动所带来的快感，却远远不及爆冷之后的惊人赔率。人们为冷门呐喊，为绝杀欢呼雀跃，为一本万利的博彩收益彻夜狂欢。没有赌博，就没有当下的足球，这风靡世界的第一运动，是博彩庄家设计的绝妙竞技。若非如此，这不过是一场争夺皮球的简单游戏而已……

只不过老鱼却是这博彩盛宴的牺牲者，他的投注总死在各种出乎意料的冷门和让球制的盘口上。一个月之前的西甲联赛，皇家马德里对马德里竞技的同城德比大战上，老鱼重注买了终场小比分（小比分，比赛总进球数小于等于3），外加皇家马德里独赢（独赢：所押注球队在90分钟内取得胜利）。可谁想到，最后比赛结果却是马德里竞技4:2战胜西甲数一数二的豪门皇家马德里。老鱼在赛前做了相当周密的数据分析，他几乎浏览了所有的足球论坛，并且采取了双保险的投注方式来避免损失。老鱼总共投注20万，他以为最差的结局是保平，却始料未及全军覆没。只是老鱼并不知道，这20万并没有装进博彩公司的口袋，因为铭锡接到老鱼20万的投单后，私自吃了单，他凭借自己多年的代理经验，从赔率上判断出这又是一场庄家通杀的爆冷假球,所以他甘愿冒险,自负盈亏。这种吃单的行为在足球中介里是司空见惯的事情,越是像铛铛这种资深代理,越喜欢自己扮演庄家;他们已经不满足于博彩公司5%的返水,若不是资金受限,他们更愿意自己开盘。

为了翻本,老鱼又重金砸向一周前的世界杯小组赛,首场巴西对克罗地亚,老鱼只是投注了1万巴西独赢,可开场克罗地亚先进一球,老鱼见形势不对又追买了2万的平局和小球,没想到巴西后来以3:1逆转,结果全部算下来老鱼里里外外亏损1万多块。而灾难却才刚刚开始,接下来的一场小组赛:南美劲旅乌拉圭(上届世界杯第四名)对阵哥斯达黎加(世界杯决赛阶段第二次出现),结果哥斯达黎加3:1爆冷取胜。这场令世界哗然的比赛,又豪夺了老鱼十几万的积蓄。这本是刀俎和鱼肉的对抗,让无数以为包赢稳赚的赌徒瘫倒在电视机前,他们除了不停感慨"足球是圆的"这句充满哲理的对白以外,便是对自己报以重重的耳光。至于眼界独到的铛铛,也未能幸免,这场球他吃掉了几个买哥斯达黎加独赢的彩单,总计差不多有十多万,可是哥斯达黎加独赢的赔率是1:9,也就是说铛铛要支付近百万的彩金。一向吃单快狠准的铛铛也追悔莫及,他最恨这种类似程咬金的球队,因为从盘口和赔率上你根本无法做出准确预估,他万万没想到乌拉圭这样的强队会遭到奇袭。

"您拨打的电话暂时无人接听,请稍后再拨。"铛铛咽下一口唾沫,又按下了绿色的重拨键。听筒里再度响起老鱼的手机彩铃——那首通讯公司免费赠送的名为《恭喜发财》的口水歌曲。

老鱼终于按下接听键，"还打电话做什么，输得连底裤都不剩了。"他咆哮着，把期货一笔被抢了窝的锅。

"哎呀！老鱼哥哥，这场球太他妈傻了，肯定有黑后操纵。"销售用一种极其谄媚的语气来缓和输家的心情，"我比哥哥还惨，俺吃了几个单，今年真是出手了。"说罢，销售深深地叹了口气，这和他平日里那种带有表演性质的叹息决然不同，能听出来这一次他真的心疼不已。

"拉倒吧！你小子光靠水钱就赚得盆满钵满了，还想忽悠我。"老鱼抱怨道，而语气却变得明显友好起来。

"哪有中介不点缀的？我就是太自信了，唉，说多了你也不信。后天还有一场比赛，这次包赢，哥斯达黎加对意大利，赔率表给你发过去？要决定下单，我再告诉你买哪支，之前输的还不是一场球全部扳回来？"

"嗯，发来看看再说。"老鱼闷闷便挂了电话，心里却盘算着如今自己还能筹到多少钱来买球。粗算一下，光是近几个月，老鱼已经在赌球上输了快50万，作为一名外贸公司的普通会计，他欠赌的金额远远超过他的收入水平。几年来的积蓄所剩无几，唯有几张信用

143

卡倒是可以透支提现。除此之外，老鱼还有一套 90 平米的全额付清的房子可以拿来抵押。老鱼的父母几年前就已离开人世，他自己作为一个四十有余的大龄单身汉，无妻无子，近些年来除了赌球以外便是浑浑噩噩朝九晚五地坐吃等死。说来他倒也敢舍得一身剐，放手绝命一搏，说不定峰回路转，把过去输的全部赢回来，尽显英雄本色。老鱼越想越兴奋，感觉自己一时又回到了二十岁，身上的各种激素强烈地分泌着。这一刻，老鱼甚至出现了久违的生理反应，下体突然变得异常雄伟起来，他甚至以为自己已经击溃了坚不可摧的博彩公司。

老鱼大概估算了一下，四张信用卡透支提现大概能套出来 15 万的现金。房产抵押给小贷公司，除去利息和手续费能落下四十来万。盘来算去也就是不到 60 万块钱，要想力挽狂澜地逆转翻盘除非碰到爆冷的赔率，关键是冷门的风险性太大不值得孤注一掷。再回想起几年来的赌球生涯，但凡自己压过的大注几乎统统阵亡，输球的"剧本"简直是为其量身定做。到底是自己赌运不济还是被庄家当傻瓜操纵？老鱼一时间又变得虚弱起来，身体刚刚雄伟的部分即刻瘫软下来，整个人就像吃了伪劣的壮阳药，药效骤减之后只剩下头昏脑涨的副作用。

手机再次震动，短信提示收到一张图片，老鱼打开图片，博彩公司的赔率表赫然在目，除了世界杯的比赛以外，还有一些垃圾联赛的数据。老鱼瞬间便搜寻到哥斯达黎加对意大利的相关信息，意大利让球胜利的赔率没什么诱惑，而哥斯达黎加90分钟独赢的赔率让老鱼眼前一亮，1:6.23！也就是说，如果他顽表孤注一掷到哥斯达黎加再次爆冷，将会有6倍多近400万的回报。"如果上帝能赋予人一种超能力，我不贪心，只要可以预见90分钟的未来便足矣。"老鱼心中默默念叨着，他脸上泛出前所未有的虔诚，但愿他的虔诚能打动掌管足球的神明……

回到家中，老鱼中了个奖，重看了一遍哥斯达黎加对乌拉圭的比赛，虽然是录像回放但他还是觉得眼前的一幕那么不可思议。接下来他又查阅了一些网上的博彩论坛，几乎所有人都不看好哥斯达黎加再次爆冷。网友们给出的理由简单却难以反驳，首先，意大利是欧洲的王者球队，无论经验还是技术都在哥斯达黎加之上；其次，这场球关系着意大利能否小组出线，再加上意大利本身擅长防守反击的战术，所以被哥斯达黎加战胜的概率基本为零。网友们几乎都投注在意大利让半球的平局或者胜利上，偶有几个支持哥斯达黎加的球迷也显得势单力薄，毫无说服力可言。老鱼越看越烦躁，他本来要放手押宝哥斯达黎加的计划被全盘否定，甚至被认为是自杀行为。

夜里，镗镗致电老鱼，老鱼没想到镗镗的回意竟然是买哥斯达黎加90分钟胜利。镗镗并没有说出什么道理，仅仅是告诉老鱼他凭借经验断定是冷门，可是谁能相信冷门会在同一支队伍身上复制两次，而且间隔不过是几天的时间。其实，镗镗根本没有看好哥斯达黎加，他只是想劝老鱼下个大单，然后自己吃掉老鱼的钱来弥补一些之前的损失,连他自己都下注了10万意大利让半球的胜利。虽然老鱼嗜赌,却也不至于傻到白白送钱,索性这场球哪支队伍也不押,他决定再看看后面的比赛,譬如状态神勇的德国、一马平川的阿根廷,一旦吃准一场,就算回报率不高,至少也能赚回些本钱。

比赛当天,意大利球迷几乎占据了城中所有的酒吧,换句话说哥斯达黎加根本就不存在什么球迷。铛铛也选了一家有投影设施的啤酒广场观战,他淹没在身穿蓝色球衣的人群中,被意大利的信徒们团团围住。有几个资深球迷还在一旁喋喋不休地分析着意大利的阵容和战术,这里面不乏一些曾经找他下过订单的熟悉面孔,但此时此刻铛铛却也懒得去客套几句,他恨不得比赛马上开始,意大利进一个球,然后立刻结束!

哨声响起,卫星电视同步直播不存在任何延迟的问题。现在是北京时间午夜零点,但意大利球迷们都像打了鸡血般兴奋,这一刻在场的所有人都仿佛身在巴西,身在阳光灿烂的好天气里。所有人都跃跃欲试,像发情的土拨鼠一般探着脑袋,每当意大利队员持球时便会听到群情激扬的助威呐喊。铛铛也被周围的气氛感染,加上酒精上头,也冲着大屏幕开始叫唤。

转眼间上半场就已经过去了40分钟,意大利颗粒无收不说,连一点压制优势都没有体现,反倒是哥斯达黎加踢得有板有眼。铛铛莫名地恐慌起来,因为他不仅仅下注了意大利让半球胜利,还吃掉了几个让半球哥斯达黎加获胜的彩单，即便是平局他都要赔付两倍以上的彩金。正当他感觉不妙之际，哥斯达黎加进球了。整个啤酒广场的蓝衣军团蔫下来，看看哥斯达黎加队的某个连名字都叫不上的球员，在意大利的禁区欢呼雀跃。接着一阵阵唏嘘伴着一些啤酒瓶破碎的声音渐渐扩散开来。锴锴盯着投影屏幕，就像亲眼看到了世界末日一般。而没有投注的老鱼也趴在家里的地板上打起滚来，他抑郁朝电视机哼着唾沫。他后悔没有听锴锴的"误导"，以至于自己和一张单注最高奖金的福利彩票擦肩而过。

"还有下半场，一定有奇迹。"锴锴收看牙自言自语。中场休息像是过了半个世纪。足球评论员们开始大吹特吹哥斯达黎加是如何神勇，如何不可思议，但比赛前他们连某些队员的名字都念不顺畅。终于下半场开始，足球来回传递，却总是偏离球门，时间则一分一秒地累计，还剩20分钟，还有15分钟……有的玩票的意大利球迷早已悄悄撤退，留下的除了极个别的铁杆粉丝，就是些赌球的家伙们。挨过了"漫长"的伤停补时，主裁判终于吹响了终场哨。1:0，哥斯达黎加又一次创造了奇迹，也创造了锴锴又一次难性的亏损，以及老鱼这一生中最有可能的险中富贵。至于意大利球迷的心碎，对于赌徒们而言这个屁都不算，或者顶多算个屁。

147

最后一局 （下）

铛铛度过了人生中最漫长的一夜。没有惨绝人寰的噩梦，因为根本没有睡眠。他将自己全部的银行存款盘点完毕后，发现还差十几万才能还清所有吃单的彩金，他尝到了擅自坐庄的苦果。他坐在自己刚刚还完贷款的大众轿车里，听着午夜电台里过时的港产歌曲。为什么不好好挣博彩公司的返水？他看看车内后视镜中的自己一次又一次地追问，却始终找不出一个合理的答案……

接下来的一周，世界杯进入八分之一决赛。老鱼犹豫不决迟迟没有出手。铛铛卖了汽车，赔完彩金后老老实实地从头开始，只帮人代理下注。老鱼总想再从铛铛嘴里套出些消息，因为铛铛上次的"冷门"判断让老鱼对他的预测深信不疑。铛铛却因为不敢再吃单，一直搪塞老鱼。他告诉老鱼再往后的决赛冷门太少，而且实力越来越接近，不敢乱下重注。两个嗜赌球为生命的家伙居然撑过了半决赛。半决赛，阿根廷点球送走荷兰，两队都是世界杯大热门，谁输谁赢都不奇怪。只是德国和东道主巴西的角逐，德国竟以 7 比 1 狂胜收场。这两场球结束后，世界杯决赛的盘口变得异常奇妙。德国让一球取胜阿根廷的赔率居然达到 1:4 之高。

老鱼看完德国对巴西的进球表演后，坚信这个让一球 1:4 的赔萃是上天对他的又一次眷顾，他甚至开始相信真的有掌管足球的神明存在。老鱼先是用信用卡套现，他无意中发现自己的几张卡片都有临时提升额度的功能，这样一来他又多了15万的本金。接着他抵押了房子，顺利从小贷公司拿到了40万。更让他始料未及的是，外贸公司突然有一笔50万的临时资金被转回，这笔钱一周之内入公账即可。老鱼打算将这笔钱挪用一个晚上，他根本不觉得这是什么疯狂之举，他笃信这次豪赌是他人生逆转的绝佳机会。一切都似乎朝着老鱼设计的方向发展，并且都露出积极的端倪。网上的球评们也都看好这支一路高奏凯歌，势如破竹，攻守兼备的德国队。至于阿根廷，当然也有不少人支持，但更多的人都为这支拥有世界足球先生梅西的球队感到担忧，因为阿根廷的后防形同虚设，犹如泡沫塑料建造的堡垒，这种防线面对德国战车根本就是被戏谑和碾压。阿根廷唯一的胜算就是和德国来一场华丽的对攻，以攻为守，以更多的进球来获取胜利。老鱼看过了诸多的评论之后，瞬间信心百倍，他只要一闭上眼睛就能看到日耳曼勇士们举起大力神杯的场景。

半决赛到决赛之间有四天的间隔，老鱼只用了一天半的时间便将所有下注本金筹集到位，一共116万。当他向销销提出下注请求时，销销以为自己出现了幻听，销销室凑确认了两次老鱼的下注额度，然后告知老鱼这种大单他需要上报然后当面转账交易。销销代理的博彩公司有规定，凡是20万以上的彩单都需要当面转账处理，当额度超过50万则需要向博彩公司提前一天申请。

两人后来约在一家比较安静的小酒吧见面。铠铠早到了半个小时,为了保持清新他只点了一瓶苏打水,然后在角落的卡座里边喝苏打水边抽烟。几支烟的工夫,就看见老鱼风尘仆仆地走进酒吧。

"申请得怎么样?"老鱼一坐下来便直接进入主题,"也就一百来万,还需要申请,你们不会在我买中之后跑单吧。"老鱼接着调侃,那口气仿佛自己是个身家上亿的富豪。

"怎么可能跑单,我的上线是欧洲最有名的博彩公司。"铠铠笑着说,"只不过是来当面确认哥哥下注的球队。"

"德国让一球90分钟内取胜,115万全压。"老鱼坚定地说道。

铠铠听到老鱼是要买德国让一球胜利时,突然感到从屁股下面的沙发上传过一阵高压电流,直接电击到他脑部的神经。他甚至觉得自己已经口吐白沫、出现癫痫的症状。

"让一球胜,意味着必须要有两个以上净胜球,近几届的世界杯决赛从没有出现过这种比分,只有失心疯的患者和纯粹的土豪会这样买。"铠铠心里想道,他生怕自己心脏负荷不起,这些话会从胸腔里喷涌出来。他端起苏打水猛喝了一口,沉默了几十秒后,他递给老鱼一支烟,自己把故作镇静地叼起一只,丝丝的烟雾在两个人的中间散开来。

"明天我给你我的另一个大额户头,早晨去银行柜台办理转账,再确定一次你是买德国对一球 90 分钟内胜利?"猪猪终于开口问道。

"没错,115 万买德国对一球 90 分钟内胜利。"老鱼声音很大,像是对整个世界宣布一样,而他不知道猪猪已经偷偷地电话录音。

"如果我赢了,你们真不会跑单吧?"老鱼这次的语气就显得异常慎重。

"江湖是有江湖规矩的,我这境外赌球虽然违法,但不会不规矩,何况我不是吃我,是吃公司,一场球最少都有十几亿流水的公司你担心什么。"猪猪说。

老鱼点了点头……

这天晚上,猪猪在床上辗转反侧,他纠结的不仅仅是吃单的问题,因为这一次吃单赚 100 万也刚刚够扯本亏损,如果他敢用吃单的钱下注阿根廷 90 分钟独赢,那将是多么伟大的胜利啊!猪猪要比老鱼更系统地研究过盘口,阿根廷 90 分钟内独赢的赔率是 1:2.8,这个赔率极其合理。虽然从各项数据上分析阿根廷都不如德国,但是作为南美国家举办的世界杯赛,阿根廷在巴西被淘汰的情况下具备着绝对的主场优势。最可怕的是世界上会有大量的赌客下注德国,这便是博彩公司操纵比赛的最好时刻!这个地球上最先进的计算机会立刻统计出两队下注的额度及比例,这时候那些关键球员、主裁判,定会接到一个陌生电话,电话内容是:"作弊吧,事成之后,将有令你咋舌的回报。"很多人不相信博彩公司可以操纵比赛,但我们看看世界上所有知名俱乐部胸前的赞助商标,有多少是博彩公司的名字。不管你愿不愿意相信,这就是一场可以控制的真人秀表演!

铛铛开始揣测自己的东家,他在这一刻完全顿悟到足球的真谛。无赌球无足球,已经彻底成为他的人生信条。他几乎确定无疑阿根廷会拿下世界杯,通杀所有德国队的买家。铛铛突然阴森森地狂笑起来。他笑自己为何以前不去研究博彩公司的心路历程,他笑老鱼这白白送钱的愚蠢疯子,他笑自己看透的这些可笑数据,他笑这个世界上一切被操纵玩耍的生物……

离决赛还有30个小时。老鱼已经把115万转入铛铛的账户,然后他不断催促铛铛下单,并且不断提醒铛铛是德国90分钟让一球胜利的买法。直到铛铛告诉他,公司已经收款出单,老鱼才安下心来。等待开赛前的这十几个小时似乎被撒上了一种神奇的酵母,不断膨胀,变得特别漫长。在此期间,老鱼专门去购置了一件德国球衣傍身,然后他还去了水疗中心,连洗澡按摩带吃饭打盹。一觉醒来后,他感到身体前所未有的轻松舒缓,回家路上只觉得自己脚步轻盈，背后生风，差一点就能腾云驾雾，飞在天上。

铛铛向公司申请了大额下注，审核完毕后，他汇出了老鱼的 115 万，下注阿根廷不让球 90 分钟内独赢。在他收到公司的确认信息后，便如昏厥般地睡了沉沉的一觉。他做了一个梦，他梦见自己被困在一座透明密封的玻璃水牢里，脚下的水位不断上涨，起初仅仅是淹没小腿，很快便覆盖到腰间……然而这个梦却戛然而止，铛铛眼前又回到了一片漆黑。

北京时间凌晨三点，这理应是夜深人静，万籁寂寥的时刻，而城市的上空似乎炸起了巨大的黑色的烟火。在夜晚的暗涌之中，两队球迷如刚刚被刑满释放的囚徒一般兴奋，他们相约在有啤酒和足球的每一处场所。地球上收视率最高的比赛，甚至连正在交火的敌对国家都可能为此停战，这就是世界杯，足球王国里的最高荣誉。

身穿德国队球衣的老鱼站在电视机前，与银幕上的德国队员们一起向冉冉升起的德意志国旗行注目礼。铛铛则来到一所号称是阿根廷球迷之家的酒吧观战，酒吧里人们几乎统统穿着海蓝色的 10 号球衣，乍一看去，仿佛一百个梅西共处一室。

最后一战的开场哨声霎时间响起，整个夏天剩余的荷尔蒙都在此刻汇聚分泌。蓝色球衣和白色球衣在绿茵场的衬托下显得格外般配，缺少了两军对垒的意思。无论是细腻的团队配合，还是单枪匹马的个人炫技,都不断呈现在观众眼前。只是那最为重要的核心,那颗不可一世的小小皮球始终没有选好一方的球门作为归宿。这颗球变得那么顽劣不堪,变得那么不通情达理。

比赛进行到第29分钟,梅西将球分给右侧空当处的拉维奇,后者将球传向门前的一瞬间,前点的伊瓜因和后点的罗霍都处于越位位置;伊瓜因将皮球垫入球门,但助理裁判已经摇旗示意进球无效。通过回放,这的确是一个准确无误的判罚。比分仍然是0:0。德国球迷为此次判罚弹冠相庆,阿根廷粉丝则对裁判报以长久的嘘嘘。老鱼看得心惊肉跳,在为这个进球无效庆幸的同时,对有些哑火的德国队感到不满。

"进攻啊,拿出侮辱巴西队一半的实力就好!"老鱼朝着电视叫嚣着。然而德国原本高大威猛的队员们,变成了畏首畏尾的娘炮,他们软绵绵地跑来跑去,脚下像是长出了棉花。

阿根廷队在这个越位进球后就开始梦游,估计还在质疑裁判的吹罚。激情四射的南美足球一时间变得木讷僵硬,销销见状倒是不怎么心急,只要德国队不会突然崛起,这场球总是包赚不赔的买卖。

上半场结束时,老鱼已经是疲惫不堪。他暗自祈祷,无论古今中外的神仙,他统统念叨了一遍。由于出汗的缘故,德国队的球衣完全贴在老鱼的后背上,老鱼觉得口干舌燥,一时间又在冰箱里找不到

154

半点能喝的玩意儿，他索性直接打开自来水龙头，“咕噜咕噜”地狂饮起来。牛饮之后，老鱼将房间里的窗户全部打开，夜风在屋内形成了几道凉爽的对流。老鱼依靠在窗前，他猛一下子将脑袋探出窗外，他看到一些光斑的轨迹从楼底下延伸上来，那些亮点原来是小区楼下的地灯，然而这些柔弱的光晕根本照不亮地面。眼下只有一个无比巨大并且在疯狂生长的黑色深渊，通往一个绝对陌生，绝对安静，绝对冰冷的世界……

电视里传来足球解说的声音，下半场开始了。老鱼收回脑袋，却仍旧站在窗边。电视荧幕的画面刚好反射在一扇窗户上，老鱼看着窗户中倒转的足球场，看着那迟迟不动的计分器，以及不断增长的时间。90 分钟彻底结束，德国和阿根廷互交白卷，世界杯决赛将进入加时阶段！

老鱼输掉了整整 115 万，现在的他已经将半个身子都移到了窗外，他只需要一松手便会从十五层高的地方跌落。临死之前，老鱼还是简单地在脑中回顾了自己的一生，没有什么快乐的往事，没有什么令他赋予真情的人物，除了几次买球赢钱让他记忆犹新以外，他的人生可谓一片苍白。“豪赌和自杀，我这辈子做的最有勇气的两件事情，居然发生在同一天。”老鱼心里想着，双手向后一推，整个人从窗口滑出。黑暗中他就像一根过于沉重的羽毛。

没有任何损失的猫猫连加时赛都没看便走出了酒吧。他没想到博彩公司连杀大赔小的机会都不给他。居然是平局,两个以进攻著称的球队居然打到了平局,谁他妈的会下注平局?

这一刻的铛铛比输钱的人更痛恨庄家,这种畸形的恨意就像儿子痛恨亲生父亲一般。

"真他妈操蛋。"铛铛仰起头向着天空怒吼,而他抬头的一瞬间,一块巨大的黑色物体正向他砸来……

当天早晨,报纸头版头条全都是德国加时赛进球取得世界杯冠军的报道。唯有社会生活版里有一条奇闻:"中年男子深夜坠楼,砸中路边行人,两人均不治身亡!"

图书在版编目(CIP)数据

阿尔法城 / 郭个著. -- 重庆：重庆出版社, 2018.3
ISBN 978-7-229-12993-4

Ⅰ.①阿… Ⅱ.①郭… Ⅲ.①短篇小说-小说集-中国-当代 Ⅳ.①I247.7

中国版本图书馆CIP数据核字(2017)第331016号

阿尔法城
A ER FA CHENG
郭 个 著
张 亮 封面插画

策 划 人：刘辰希
责任编辑：郭 宜 杨 帆
责任校对：何建云
装帧设计：胡靳一

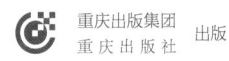

重庆出版集团 出版
重庆出版社

重庆正恒文化传播有限公司
重庆市南岸区南滨路162号1幢 邮政编码：400061 http://www.cqph.com
重庆新金雅迪艺术印刷有限公司 印制
重庆出版集团图书发行有限公司 发行
E-MAIL:fxchu@cqph.com 邮购电话：023-61520646
重庆出版社天猫旗舰店
cqcbs.tmall.com
全国新华书店经销

开本：787mm×1092mm 1/32 印张：5.25
2018年3月第1版 2018年3月第1次印刷
ISBN 978-7-229-12993-4
定价：39.00元

如有印装质量问题，请向本集团图书发行有限公司调换：023-61520678

版权所有 侵权必究